文豪たちの怪しい宴

鯨　統一郎

討論会の帰り道、ふと立ち寄ったバー〈スリーバレー〉。そこでの女性バーテンダーとの会話から、彼女が以前から感じていた夏目漱石の『こころ』に関する疑問点に答える羽目に。文学部教授である私が、こんな場末のバーで講義することになるとは。しかも、途中からやってきた宮田という男が、あろうことか『こころ』を百合小説と断言したことで議論は白熱し……。太宰治『走れメロス』はセリヌンティウスの夢だった？　『銀河鉄道の夜』は宮沢賢治と父親の物語？　芥川龍之介『藪の中』の真犯人は誰？　文学談義四編で贈る、『邪馬台国はどこですか？』の鯨統一郎、書き下ろし最新作。

文豪たちの怪しい宴

鯨　統一郎

創元推理文庫

MYSTERIOUS FEAST OF GREAT WRITERS

by

Toichiro Kujira

2019

目次

作品内で次の六作品のあらすじを紹介しています。未読のかたはご注意ください。

夏目漱石『こころ』
太宰治『走れメロス』『人間失格』
宮沢賢治『銀河鉄道の夜』『虔十公園林』
芥川龍之介『藪の中』

文豪たちの怪しい宴

手紙の内容は簡単でした。

夏目漱石『こころ』より

第一話　夏目漱石　～こころもよう～

今夜は一人で祝杯をあげたい気分だ。

夏目漱石の『こころ』に関するシンポジウムのパネル討論会で長年の論敵を撃破したのだ。その時の様子を思いだして曽根原尚貴《そねはらなおき》は自然に笑みがこぼれる。

（だが、この辺りに手頃に酒を飲める店はないようだ）

シンポジウムが行われた文京区の会館から曽根原は徒歩で地下鉄の駅に向かう。梅雨に入って気温が下がったが、それでもスーツの上着が少々、蒸し暑く感じる。すぐにでも風呂に入りたい気持ちもある。

（家で飲むとするか）

曽根原尚貴は五十三歳になる。帝王大学文学部の教授にして日本文学研究界の重鎮《じゅうちん》である。

（論敵に勝ったと言っても、もともと私に論敵などいないか）

高みに達して誰も自分の相手にはならない。曽根原はそう自負していた。

（ん？）

曽根原は足を止めた。雑居ビルの地下入口にバーの電飾看板が置かれている。店名は〈スリーバレー〉とある。

（入ってみるか）

うらぶれたビルの様子からすると、あまり期待できそうにないが他に店がないのだから仕方がない。

曽根原は階段で地下に降り店のドアを開けた。店内は薄暗い上に狭かった。席もカウンター席しかない。客も一人もいない。

(やはり外れか)

すぐに出ていきたくなった。だが店に入ってからまたすぐに出ていくのも気が引けるので曽根原はカウンターに向かう。

「いらっしゃいませ」

カウンターの中には若い女性が一人いるだけだ。

(大丈夫だろうか?)

おそらくバーテンダーだろうが酒の知識が豊富にあるとは思えない。美人だから、この女性目当ての客は期待できるだろうが。

(まあいいか)

ドアに近いスツールに曽根原は坐った。

(一杯飲んだらすぐに退散しよう)

そう思ったからである。

「何になさいましょう?」

「マルガリータを」

そう言ってから曽根原は〝しまった〟と思った。こんな場末のバーでろくなマルガリータが出てくるはずがないと思ったからである。

マルガリータはテキーラベースのカクテルだ。テキーラ2：ホワイトキュラソー1：ライムジュース1というのが基本レシピだ。ただしテキーラ、ライムジュース、氷をシェーカーでシェイクするのでバーテンダーとしての基本技術を問われる。さらにカクテルグラスのエッジをスライスレモンで濡らし塩でスノースタイルにしなければならないからその手際にも巧拙が出る。

（下手をするとこのバーテンダーはマルガリータを作れないかもしれない）

だが若き女性バーテンダーは「かしこまりました」と言ってすぐに作業に取りかかった。

（レシピは頭に入っていたのか。それだけでも良しとしよう）

女性バーテンダーは手際よく作業を進めシェイカーを振り始める。

（意外と様《さま》になっている）

女性バーテンダーの手つきに危うく見惚《みほ》れそうになった。

（危ない、危ない）

かっこだけなら誰でも真似できる。

（問題は味だ）

マルガリータができあがるのを待つ。

「お待たせいたしました」

女性バーテンダーが差しだすマルガリータを一口飲む。

（これは……）

ほどよいシェイクが利いている上にテキーラの力強い味わいも生きている。

「うまい」

思わず口に出す。

「よかった」

女性バーテンダーがニコッと笑った。

「おつまみは何にいたしましょうか？」

「そうだな」

曽根原はカウンターの上に置かれていた小さなメニューを手に取った。

「ドライマンゴーを」

「かしこまりました」

この女性バーテンダーは受け答えがハキハキしている。声も綺麗で聞き取りやすい。曽根原はそんな事を思った。

（それはそれとして）

今日の論戦の勝利の余韻《よいん》に浸ろうという本来の目的を思いだして曽根原は鞄の中から新潮文庫の『こころ』を取りだした。

『こころ』は国民作家とも言われる夏目漱石の代表作の一つだ。岩波書店が出版社として発行した最初の小説でもあるし漱石の後期三部作の最後を成す作品でもある。

前期三部作は『三四郎』『それから』『門』の三作品を指し後期三部作は『彼岸過迄』『行人』『こころ』の三作品を指す。

夏目漱石は慶応三年（一八六一年）に江戸牛込《うしごめ》に生まれた。

明治三十三年（一九〇〇年）には文部省派遣留学生に選ばれてロンドンに赴く。このときに神経衰弱に悩まされ帰国後に友人の俳人、高浜虚子《たかはまきよし》に神経衰弱の自己治療のために小説を書くことを勧められて『吾輩は猫である』を執筆。これが作家デビュー作となり高評価を得た。

その後は作品を発表し続け前後期三部作の他にも『坊っちゃん』『草枕』『虞美人草』『道草』と有名作を大量生産した。

没したのは大正五年（一九一六年）、四十九歳の時である。死因は胃潰瘍《いかいよう》と言われる。未完の『明暗』が遺作となった。

「あら」

曽根原がカウンターの上に置いた『こころ』を見て女性バーテンダーが声をあげた。曽根原は再び〝しまった〟と思った。素人《しろうと》の雑談に勝利の感慨を邪魔されたくはない。

「夏目漱石ですね」

だが時すでに遅かったようだ。

「好きなんですか？　漱石」

これだから厭《いや》だったのだ素人と話すのは。答えに窮するような見当違いの質問を投げかけてくる。

「研究してるんですよ」

隠すことでもないので正直に告げる。

「まあ凄い」

その〝凄さ〟はこの女性には判るまい。

「お名刺を頂戴できますか？」

顧客の情報を摑もうとする商売人としての嗅覚はあるようだ。曽根原は胸ポケットから名刺を出して女性バーテンダーに渡した。

――帝王大学文学部教授
　曽根原尚貴

女性バーテンダーは声に出して読んだ。

「すごい」

溜息をつきたくなったが曽根原は抑えた。

「ミサキと言います」

礼儀上、なのか女性バーテンダーも名乗った。〝ミサキ〟が岬などの名字なのか美咲などの下の名前なのか判らなかったが、さして興味もないので曽根原は訊かなかった。

「ちょうど良かったわ」

何が〝ちょうど良かった〟のだ?

「あたし前から『こころ』に関して疑問に思っていた事があるんです」

珍しい。学生以外で『こころ』に関して疑問を持っている人物に会ったのは初めてのような気がする。ド素人の小娘の疑問だから愚にもつかないものではあろうが夏目漱石に関心を持っているだけでも褒められていいだろう。

(聞くだけは聞いてみようか)

曽根原はそういう心境になって「どんなとこ?」と訊いた。

「表記です」

「表記?」

「はい。新潮文庫の『こころ』って、ひらがなで書かれてますけど踊り字を入れて『こゝろ』って表記してある本もありますよね? それは、どうしてなんだろうなって」

何だ。そんなことか。期待して損をした。

(踊り字という言葉を知っていたことは褒めてやってもいいが)

踊り字とは同じ漢字や仮名を重ねるときに用いる符号の事である。詠嘆を表す〝あゝ〟の〝ゝ〟や〝代々木〟の〝々〟など。畳字《じょうじ》と呼ぶ場合もある。

「単に表記の問題だ。夏目漱石は旧仮名遣いの『こゝろ』を使ったが新潮社は新仮名遣いの『こころ』を使用したにすぎない。角川文庫では踊り字を使った『こゝろ』を使っている」

「そうだったんですね。さすが日本文学の先生のお話は勉強になります」

こんなことで〝勉強〟と言われても……。

「それと、もう一つ」

まだあるのか。曽根原はうんざりした。だがミサキと名乗った女性バーテンダーは嬉々として話を続ける。

「モデルです」

「モデル？」

「〝先生〟のモデルです」

「その件か」

曽根原は再び意外に思った。今日の論戦で議題になった論点だ。『こころ』の登場人物にして主人公である〝先生〟のモデルは誰なのか。曽根原はそこで自説を披露して相手を叩きのめしたのだ。

（図らずも場末のバーの小娘からその話題が出るとは思わなかった）

まったくの偶然だろうが曽根原は簡潔に答える事にした。

「乃木《のぎ》大将だよ」

「乃木大将？」

ミサキは素《す》っ頓狂《とんきょう》な声を出した。

（やはり無駄だったか）

おそらくこの小娘は『こころ』を一度、読んだだけだろう。それだけの知識で話を合わせるために無理矢理『こころ』の疑問などという話題を捻《ひね》りだしたに違いない。その証拠に乃木大将という言葉に面食らっているようだ。作中のラストに乃木大将に言及されている箇所があることなど忘れているのだろう。

（いや、ひょっとしたら『こころ』を読んでないかもしれないぞ）

その可能性に曽根原は思い至った。ただ話を合わせるためだけに読んでいなくても適当な質問を投げかけた……。曽根原は用心深く身構えた。

「なるほど」

ミサキは大きく頷いた。

「慧眼《けいがん》ですね」

笑うしかなかった。実際に曽根原は苦笑した。〝慧眼〟は褒め言葉だが立場が上の者が下の者を褒めるときに使う傾向があると感じていたからだ。

（それを知ってか知らずか）

ここまで失礼だと怒りを通り越して滑稽になってくるから曽根原は苦笑したのだ。それがやがて哀れにも感じられてくる。

「だったら静《しず》のモデルは乃木大将の奥さんって事になりますね」

ほう。〝先生〟の妻である静を知っているということは読んだことは読んだのか。

（人は見かけによらぬものだ）

曽根原は美人のバーテンダーの顔をあらためて見つめた。ミサキがニコッと笑う。曽根原は話を続けることにした。

「当然だ」

「それで腑《ふ》に落ちました」

何がだ？

「乃木大将の実際の奥さんの名前は静子ですもんね」

それも知っているのか。

（雑学だけはあるようだな）

曽根原はマルガリータを口に運ぶ。

「だったら〝私〟は漱石自身ですか？」

ん？　またまた曽根原は意外の念に打たれた。

「正解だ」

「やった！」

女性バーテンダーは素直に喜んでいる。その様子は可愛らしくもある。

（美人は得だな）

そんなことを思った。正解をまぐれ当たりしたのだろうが、その喜ぶ様子が哀れに見えない。作者が主人公に自分を投影させるのはよくあることだから当たったところで手柄にはならないのに。

『こころ』は主人公である〝先生〟の苦悩を描いた小説ということになる。男性二人と女性一人の間に繰り広げられる三角関係が描かれる。

新潮文庫の裏表紙には《親友を裏切って恋人を得たが、親友が自殺したために罪悪感に苦しみ、自らも死を選ぶ孤独な明治の知識人の内面を描いた作品》と紹介されている。

三角関係を織りなす三人は、まず主人公である〝先生〟。〝先生〟は当時の言葉でいう高等遊民であり働かないで暮らしている。おそらく親が残した遺産があるのだろうと想像される。年齢は明記されていないが三十代半ば辺りだろう。

もう一人は〝先生〟の恋のライバルとなるK。名前は記されておらずただ〝K〟とのみ表記される。Kは学生で〝先生〟と同年代である。

二人の恋の対象となるのがお嬢さんと呼ばれる女性。名前は静。年齢は〝先生〟よりも五、六歳、年下だろう。

この三人を中心に物語は進む。

語り手となるのは三人のうちの一人ではなく〝私〟という人物だ。〝私〟は〝先生〟に師事する学生である。登場人物はこの主要四人の他に戦争未亡人で下宿を営む静の母親と静の家の下女がいる。

『こころ』という小説は次のように上・中・下の三部構成になっている。

上　先生と私

中　両親と私
下　先生と遺書

〝上〟の〈先生と私〉では先生と私の出会いから先生の奥さんと私の交流が描かれる。鎌倉《かまくら》の海水浴場で〝先生〟と出会った〝私〟は〝先生〟の家をたびたび訪れるようになる。そこで〝先生〟の妻である静とも交流を深める。だが〝先生〟はなかなか〝私〟に本心を見せようとしない。

〝中〟の〈両親と私〉では〝私〟に関する実家の事情などが描かれる。

〝下〟の〈先生と遺書〉は一章がまるまる遺書になっている。そこで先生とKの関係が描かれている。Kが静を好きになり、その気持ちを察した〝先生〟が静をKに取られたくないために慌てて静に求婚する経緯などがこと細かく描かれるのだ。静は〝先生〟の求婚を受け入れる。失恋したことを知ったKは自ら死を選ぶ。やがて〝先生〟も自死する。生き残ったのは静と〝私〟であった……。

「〝私〟が漱石で〝先生〟が乃木大将だとすると……」

ミサキが考える。

「漱石は乃木大将を慕《した》ってたという事ですよね？　〝私〟が〝先生〟を慕っていたように」

「そうなるね」

理解力だけはあるようだ。

「だったらKは誰でしょう？」

　このバーテンダー、偶然にも本質を突いた質問をする、とまたまた曽根原は意外の念に打たれた。

「乃木大将の恋のライバルかしら？」

「Kは乃木大将とは関係がない」

「そうなんですか？」

　いつの間にか場末のバーの小娘と文学談義をしているが仕方がない。曽根原は行きがかり上、話を進める。

「Kもまた漱石の投影だよ」

「Kも漱石？」

「作者は複数の登場人物に自分自身を投影させるものなんだよ」

「そうなんですか。いろいろ勉強になります。でも……。ということは……」

　ミサキが右手の人差し指を立てて顎の辺りに当てた。

「〝先生〟もまた漱石の投影かもしれませんね」

　この女……。

　曽根原は視線をグラスからミサキに移した。

（本質を偶然言い当てる天才か？）

　ミサキは曽根原の心中を知ってか知らずかニコッと笑って「もちろん乃木大将が〝先生〟の

一番のモデルだという前提の上での話ですけど」とつけ足した。

(気を遣ったつもりか)

曽根原は視線をグラスに戻した。

「モデルを使いながら、そのモデルにも自分を投影させる。それが小説というものだ」

「複雑なんですね」

「だから研究の対象になる」

少し酔いすぎたか？　場末のバーの小娘相手に日本アカデミアの最高峰である自分が講義していることに曽根原は自嘲を禁じえない。

「〝先生〟が乃木大将だとすると漱石は結局この作品で何が言いたかったのでしょう？」

ミサキが大学の授業で自分が学生にするような質問を発した。

「〝先生〟は自殺をします。それは乃木大将の自殺を表しているんですか？」

「表面的にはそうなるね」

「表面的には？」

「乃木大将の自死に漱石が創作欲を刺激されたことは確かだろう。だが、そこから自分自身の内面の死を描くところまで漱石は発展させた」

「漱石の内面の死……」

「自死は〝悩み〟という言葉に置き換えてもいい」

「それなら判ります」

そう言うとミサキはグラスの液体を一口飲んだ。

（シェイクしていたのは自分用のカクテルだったのか）

ミサキがグラスの液体を嚥下《えんげ》する様子を曽根原は見つめていた。

「ごめんなさい」

飲み下すとミサキが曽根原に謝る。

「マタドールです」

マタドールはマルガリータと同じくテキーラベースのカクテルでテキーラとパイナップルジュース、ライムジュースと氷をシェイクして氷を入れたオールドファッションドグラスに注ぐ。闘牛士を意味する名前の通りフルーツの酸味が刺激的で一瞬で心を奪われる味わいだ。

（私へのお代わりを作っていたのかと思ったら自分用だったのか）

曽根原は呆れた。

「自分で作っちゃいました。あまりにも先生とのお話がおもしろくて喉が渇くんですもの」

銀座の売れっ子ホステスのような手練手管《てれんてくだ》も弄するのか？　この場末の小娘は？　一瞬、呆れた曽根原だったが今度は感心するやら複雑な気持ちになった。

「だったら〝先生〟の遺書は漱石の遺書でもありますね」

やはりこの小娘……。曽根原は思う。

（物事の本質を摑む能力はあるようだ。こちらが正しい餌を撒いてさえやれば）

いつの間にか曽根原はカクテルを飲みほしていた。

「同じものでいいですか？」

すかさずバーテンダーがお代わりの注文を催促してくる。

「あ、ああ」

思わず曽根原は強引な勧めに応じてしまっていた。

「それにしても遺書、長すぎますよね」

そう言うとミサキが笑みを浮かべる。

（鋭さを見せたかと思ったら今度は脱線か）

脱力感に襲われる。たしかに遺書は長すぎる。文庫本のページ数にして百ページ以上ある。それだけの分量の遺書を作中では《四つ折に畳まれてあった》としているのだ。

「四つに畳めないですよね」

その通りだが、それは『こころ』という小説の本質とはなんら関係ない。単に作者である漱石のうっかりミスだろう。それを鬼の首を取ったかのように喜んで指摘するとは、まるで学生のノリだ。

（いや、実際に学生ぐらいの年齢なのか？）

だったら仕方のないことか。

「それは『こころ』の本質とはなんら関係がない」

曽根原は学生に諭すように精一杯、丁寧に説明した。

「そうですか……。言われてみればその通りですね」

単純な女だ、と曽根原はミサキのことを思った。

(素直なのはいいが……)

ミサキが姿勢を正した。曽根原に軀《からだ》を向ける。

「勉強になりました。ありがとうございます」

丁寧に頭を下げる。

(礼儀正しいのもいいことだ)

場末のバーでいろいろな考えを巡らせられる。

「こんな事を言うと笑われるかもしれませんけど」

「何だね?」

「わたしてっきり『こころ』はミステリ小説だとばっかり思ってたんです」

「ミステリ小説?」

曽根原は頓狂な声をあげた。

「どういう意味かね?」

思わず訊いていた。

「Kが自殺した場面を目撃した人は誰もいませんよね?」

そういう事か。ガッカリするやら感心するやら……。

「おまけにKの遺体の第一発見者は〝先生〟です」

「つまり〝先生〟がKを殺したと?」

「はい。動機は充分にあります。二人は静を巡る恋のライバルだったんですから」

「おもしろい着眼点だが」

実際にそういう観点から『こころ』を論じる研究者もいるくらいだ。だが……。

夏目漱石がミステリ小説など書くわけがないではないか。その一言で議論を終わらせる事もできる。

（それではあまりに不親切か）

思い直した。

「そもそもミステリ小説とは何かね？」

根元的な問いかけをする。

「それは……」

ミサキが考える。

「謎があって、その謎が解かれる小説ではないでしょうか？」

「その通りだ」

少なくとも曽根原はそう理解している。

「たしかに『こころ』では人が死ぬ。目撃者もいない。容疑者に動機もある。だが探偵が犯人を指摘しているかね？」

「指摘していませんね」

「故にミステリ小説とはいえない」

「はたしてそうでしょうか？」

ん？　今の説明では納得しないのか？

「推理小説にはリドルストーリーと呼ばれるものがあると聞いたことがあります」

「リドルストーリー？」

「はい。謎が未解決のまま残るタイプのミステリです」

「なるほど」

そう来たか。

「だがその場合も推理小説を標榜《ひょうぼう》するからには謎が謎として提示されていなければならないだろう」

「たしかにそうですね」

「『こころ』にはKの死が謎として提示されているかね？」

ミサキがしばし間を取った。

「提示されていませんね」

「その通りだ」

曽根原は溜飲《りゅういん》が下がるのを感じていた。

（こんな小娘相手に溜飲など下げても仕方がないのだが……）

そうも思ったが身の程知らずにも日本第一の文学研究者（曽根原はそう自負していた）に食いさがる愚かさに鉄槌《てっつい》を下したことには満足した。

「結局『こころ』はミステリ小説なんかじゃなくて乃木大将を念頭に置きながら作者である夏目漱石自身の悩みを描いた小説なんですね」

簡潔にまとめる力もあるようだ。

「それに明治の悩みも重ねている」

「明治の悩み……」

「それを示すのが乃木大将だよ」

「腑に落ちました」

ミサキがそう言ったとき曽根原も頷いた。

(そろそろ帰るか)

曽根原は壁の時計に目を遣《や》った。午後八時半。

(長居は無用だ)

ドアが開いた。振りむくと男性客がひとり入ってくる姿が見えた。二十代後半と思しき冴えない男だ。

(丁度いい。入れ替わりに帰るとしよう)

グラスにはマルガリータが残っているから、これだけは飲みほしていくか。曽根原はそう方針を立てた。

「あれ? 松永《まつなが》さんは?」

入ってきた男がミサキに訊いた。

「今日はお休みなんです」

「そうなんだ。珍しいな」

そう言いながら男は奥のスツールに坐った。

「常連さんなんですか？」

男はすぐに「うん」と答えた。躊躇《ちゅうちょ》のない返事から考えるに、かなり頻繁《ひんぱん》にこの店を訪れているのだろう。同時にこのバーテンダーと男は初対面だということも曽根原は推測した。

「君は？」

席に落ちつくと男性はおしぼりを受けとりながらミサキに訊いた。

「ミサキと言います。今日は松永さんのピンチヒッターなんです」

「そうなんだ」

「お客さんは、もしかして宮田《みやた》さんですか？」

男性はおしぼりで手を拭く動きを止めた。

「どうして判った？」

当たったのか。ミサキというバーテンダー、勘だけはいいようだ。

「松永さんから聞いてました。宮田さんという常連さんがいるって」

「それだけで判ったの？」

「なんとなく」

ミサキはニコッと笑った。

「どんなふうに言っていたのかな」

「歴史に詳しいかただって」

「なるほど」

宮田と呼ばれた男の顔に笑みが浮かんだ。

「今日は歴史ではなくて文学の話をしていたんですけど」

「へえ」

余計なことは言わなくていい。

「奇遇だな。僕も最近、日本文学を読み直しているんだ」

「そうなんですか？」

ミサキの顔がパッと輝く。天然なのか、営業なのか。

「歴史の勉強に目途がついたんでね」

男の方は天然のようだ。歴史の勉強に目途などつくわけがない。ついたと思っているのなら所詮、素人の俄《にわか》勉強だろう。

「いまこちらの曽根原先生に夏目漱石の『こころ』について教えてもらってたんです」

「『こころ』か」

「曽根原先生は帝王大学文学部の教授なんです」

「それはすごい」

褒めかたも素人っぽい。

「お飲み物は何になさいます？」

「何にしようかな」

「〈白牡丹《はくぼたん》〉はどうでしょう？」

「白牡丹？」

「日本酒です。夏目漱石が愛したお酒です」

「え、そうなの？」

「はい。胃弱で、あまりお酒を嗜《たしな》まなかった漱石ですけど、このお酒だけは愛して止まずと手紙に書き残しています」

曽根原の記憶にはなかった。

（雑学に異様に強いのか、それとも商売柄、酒に関する知識が豊富なのか）

いずれにしろ大したものだとその点には曽根原は素直に感心した。

「じゃあ、それをもらおうか」

「ありがとうございます」

ミサキが〈白牡丹〉の入った徳利《とっくり》と猪口《ちょこ》を宮田に提供する。その所作は手早く、流れるような淀みのなさは美しくもある。

「どうですか？」

一口飲んだ宮田にミサキが早速訊く。

「おいしい」

「よかった」

ミサキがニコッと笑う。

「ほんのり甘みがあって飲みやすい。まるで漱石の小説のようだな」

「『こころ』ですか?」

ミサキの問いかけに宮田は頷いた。

「『こころ』は甘くはないと思いますけど」

「どうかな?」

宮田が浮かべた笑みがどこか挑戦的に曽根原には見えた。

「いずれにしろ『こころ』は傑作だね」

曽根原は思わず溜息をついた。あからさまな嫌みは見せたくなかったが心の底から出た溜息だった。

(『こころ』が傑作か……。その程度の感想しか持ちえない者が〝読み直している〟などと)

読み直すからには以前に読みこんだことが前提になるが……。

(この男は教科書に載っている文章を読んだ程度だろう)

そう見当をつけた。

「そう思いますか?」

宮田という男の〝傑作だね〟という言葉を受けてミサキが訊き返す。

「うん。見事な百合小説だ」

一瞬、男が何を言ったのか曽根原には判らなかった。

(百合小説?)

そう聞こえたようだが聞き違いだろう。

「だから『こころ』が甘い小説だって言ったんですか? 百合小説って女性同士の恋愛を描いた小説ですよね」

やはり百合小説と言ったのか。その言葉を知らないわけではなかった。文学研究の場では聞いたことのない言葉だがネットや学生たちとの会話などで、たびたび見聞きしている。直接的な恋愛を描いた作品だけではなく恋愛に近い感情や本人同士が恋愛だと意識していない場合、あるいは単なる友情を扱った作品でも主人公と相手役が女性同士なら百合と称する向きがあるらしい。あるいは主人公でなくても女性二人が登場して仲良く振る舞う描写があれば〝百合〟認定される場合もある。

それらの知識をざっと頭の中で反芻《はんすう》した。

(いずれにしても……)

長居は無用だ。曽根原はまたその念を強くした。

(だいたい)

曽根原は思う。

(百合の対象になる登場人物がいないではないか)

その時点で話にならない。

「誰と誰ですか？　百合の対象は」

曽根原と同じ疑問を持ったのかミサキが宮田に訊いた。

「一組しかいないだろう」

「一組も思いつかないんですけど」

馬鹿馬鹿しいにも程がある。『こころ』を推理小説として読む試みも充分に馬鹿らしいが、それでもまだ遊びとしてのおもしろさは感じられる。ところが『こころ』を女性同士の恋愛を描いた百合小説だなどと論じるのは馬鹿馬鹿しいを通り越して哀れみさえ感じる。ある意味、夏目漱石に対する冒瀆《ぼうとく》だろう。

（そうだ、冒瀆だ）

この場所にいるだけで不愉快だ。曽根原はグラスを見つめた。半分ほど残ったマルガリータが恨めしい。

（残して帰るか？）

飲食物を残すことは礼儀に反すると考える曽根原だがバーテンダーと男性客が漱石を、そして一流の文学者であるこの私を冒瀆するような会話を繰り広げるのなら話は別だとも思う。

「登場人物は四人しかいませんよね」

その通りだ。愚にもつかない馬鹿らしい会話を繰り広げてはいるがミサキの知識は正確だ。その点だけは認めざるをえない。

「語り手である〝私〟と主人公の〝先生〟。〝先生〟と恋のライバル関係に陥るK。二人の間で揺れる静。この四人です」

「静の母親もいるだろう」

「そうですね。母親を入れれば五人ですか。ただ母親は物語にはあまり絡んできませんよ」

「絡んでこないとはいえ登場人物には違いがない」

「それはそうでしょうけど」

「冒頭の〝私〟と〝先生〟が出会う海水浴場の場面にも外国人が登場する」

「そういえば登場しますね。でもその外国人は、それきり出てきませんから母親以上に物語とは関係がありません」

私が反論しなくてもバーテンダーが、このとんちきな男に反論してくれるか。曽根原は少し安心した。

「まして百合小説となると、その二人は該当しませんし」

「その二人は該当しない」

「他に該当者がいるような口振りですね」

このバーテンダー、私の言いたいことを的確に言ってくれる。少し見直す。もちろん〝該当者がいるような口振りですね〟という言葉は〝いないのに〟という皮肉である。

「いるじゃないか」

「え？」

バーテンダーならずとも訊き返したくなる。

「どこに?」

「下女がいるだろう」

「あ」

ミサキが惚《ほう》けたように口を開けて動きを止めた。たしかに登場人物の一人に下女がいる。だが……。

(そんなに驚くようなことか?)

曽根原は無言で首を横に振った。

下女は所詮、物語の中では取るに足りない人物だ。〝先生〟と静が結婚した後も同じ家に下女としていつづけはするが冒頭に登場してその後、姿を見せない外国人と同じでストーリーにはなんら関連しない。

「盲点でした。たしかにそうですね」

惚《とぼ》けた客の戯《ざ》れ言に感心する必要はない。

「でも」

ミサキが言葉を継ぐ。

「それこそ物語に関係がありません」

その通りだ。

「君の目は節穴か?」

どう反応して良いものか曽根原は迷った。もちろん表立った反応などするつもりはないが心の中での反応である。

（この傍若無人な身の程知らずの暴言に怒るか。それとも一笑に付すか。あるいは、この青年の無知を哀れむか……）

どうやらミサキもどう反応して良いものか困っているようだ。

（当然だ）

見ず知らずの男なら無視すれば良いだけの話だが、この男はどうやらこの店の常連らしい。無下にもできないのだろう。

「節穴ではないつもりですけど……」

精一杯の皮肉で対抗するしかない。

（このバーテンダー、客あしらいの妙と同時に自らの気骨も見せたか）

それでいい、と曽根原は思った。この惚けた男の相手はバーテンダーに任せて退散するとしよう。曽根原はグラスの酒を飲みほした。

「あたし『こころ』はミステリ小説じゃないかって思ってるんです」

「もちろん犯罪を描いてもいる」

「え？」

やれやれ。今度は犯罪か。

「どんな犯罪ですか？」

「もちろん殺人事件だよ」

「だから」

思わず曽根原は口を出していた。

（この男の妄想を一言で打ち砕いてから店を出よう）

勘定を支払っている間にそれぐらいの芸当はできるだろう。曽根原はそう踏んだ。

「〝先生〟がKを殺害したとする論は破綻している」

「その通りです」

「その通り？」

「ええ」

殺人事件だというから〝先生〟がKを殺したと考えているのかと思ったらその説は否定するのか。

「君も〝先生〟がKを殺害したとする論は破綻していると考えているのかね？」

「はい」

「何故だね？」

「Kは密室で一人で死んだわけでも犯人と二人だけの家で死んだわけでもありません。Kが亡くなった夜は、その家にK以外に四人の人間がいたんです。自殺ならまだしも殺人なら誰かが気づいているでしょう」

判ってるじゃないか。

Kは下宿先の自室で自殺したと記されている。死因は小さなナイフで頸動脈《けいどうみゃく》を切ったこと。

隣の部屋には〝先生〟がいる。〝先生〟が犯人だとしても下宿先は平屋だから同じ階に奥さんと静、下女がいる。無理やり〝先生〟がKの頸動脈を切るとなるとKは抵抗するはずだ。それなのに部屋のランプも倒れていない。昔の木造屋だから物音、気配は判るはずだ。家は四部屋しかないのだから。

「それに〝先生〟が死んだのはKが自殺したからです。殺したのなら〝先生〟は死ぬ理由がありません」

「自責の念に駆られたのでは？」

ミサキが意見を挟む。

「だったら遺書にそのことを書くはずだ」

死を決意した〝先生〟が自分の罪を告白するために書いた遺書……。

「ですね。納得」

どうやらこの宮田という男は論理的な思考はできるようだ。〝先生〟がKを殺害したとする論の間違いを筋道立てて論じたのだから。

（でも、だったらいったい……）

どうして宮田は殺人を扱っているなどと言ったのか……。

「下女がKを殺したんだよ」

「下女がKを？」

曽根原は思わず訊いていた。

「その通りです」

「下女にしても物音を立てずに殺人を遂行するのは無理だろう」

「女性なら可能でしょう」

「色仕掛けで？」

「そうです」

「隣に〝先生〟がいるのに？」

「本当にいたかどうか。隣に〝先生〟がいたことを証明しているのは〝先生〟の書いた遺書だけですからね」

「そこを否定したら『こころ』自体を否定することになる」

「遺書は〝先生〟以外の人間が書いた可能性もあります」

「〝先生〟以外の人間が？」

曽根原は自分が男の言葉に反応してしまったことを悔やんだ。

（帰ろうと思ったのに）

強引に帰るか。それでもいいと曽根原は思った。ここまで反応しておいて帰るのも気が引けるが男の話は常軌を逸しているとしか思えない。相手が真面目な話をしていないのだからここで帰っても一方的に非礼な振る舞いをした事にはなるまい。そう思ったとき目の前のグラスが新しいものと交換されていることに気がついた。

（いつの間に……）

曽根原は、いっぱいになった自分のグラスを見つめた。ミサキに視線を移す。ミサキは素知らぬ顔で手元の空のグラスを磨いている。

「このマルガリータ……」

曽根原がそう問いかけるとミサキは曽根原に向かってニコッと笑い「サービスです」と言った。てっきり料金を取られるのかと思っていた曽根原は少し得をした気分になった。

(もう一杯だけつきあうか)

ミサキの好意を無下にはできまい。『こころ』が百合小説だなどという、それも殺人事件が絡んでいるなどという戯れ言はあまりにも馬鹿馬鹿しくて興味を失ったがミサキの美貌と笑顔に免じて曽根原は「ありがとう」と礼を言った。

「おもしろい見解ですね。やっぱり『こころ』はクライム小説でもあったんですか」

ミサキが話を続けてしまった。

「そうなるね」

クライムすなわち犯罪を扱った小説か。読者に推理を強いているわけではないから推理小説とは呼べないが殺人事件を扱っているのならクライム小説とは言えるわけか。

(もし本当に殺人などという問題を扱っているのなら、だが)

曽根原の心の中の冷笑にも気づかずに宮田はメニューを手にした。

「おつまみですか?」

「うん」

「まだお決まりじゃなかったらヒメイチの唐揚げはどうでしょう？」

「ヒメイチ？」

「魚だな。『三四郎』に出てくる」

「さすが曽根原先生」

「作品の中のことは覚えてるよ。酒のつまみとして出てくる。ただし唐揚げじゃなくて粕漬けだが」

「さすがにお詳しいですね。じゃあそれをもらおうか」

ミサキは下準備をしていたのか、またしても手際よくヒメイチの唐揚げを作って宮田に提供する。

「ヒメイチはヒメジの地域名です。他にもキンタロウとか、地方によっていろいろな呼びかたがあるんです。丸ごとどうぞ」

「うまい」

「しっかりと味のあるお魚ですから塩味などはつけてません」

「それでもこの旨みが出るのか」

「よかったら曽根原先生もどうぞ」


曽根原に提供された小皿のヒメイチを食すると、たしかに美味だ。

（きっと漱石も食べていたのだな）

そう思うと感慨が湧いてくる。

「でもどうして下女がKを殺したと判るんですか?」

　曽根原の感慨を打ち砕くようにミサキが宮田に話の続きを促す。

(この男は考えなど持っていないだろう)

　曽根原の脳内も『こころ』の議論に引き戻される。

(ただテキトーに美人バーテンダーに受けそうなことを言っていたに過ぎない)

　曽根原はそう踏んだ。

「誰が生き残ったか。そこから考えれば判る」

　誰が生き残ったか?　話を瞬時に自分の都合のいい方向に繋ぎあわせる技術を使うところを見ると頭の回転だけは速いようだ。

「Kも死んで〝先生〟も死にます。生き残ったのは〝私〟と静ですよね」

「そこから何が導きだされる?」

　この男、言葉遣いがなっていない。女性バーテンダーは年下だとは思うが人は見かけによらないから男と同年代ということも考えられる。実年齢よりもかなり老けて見える人もいる代わりに実年齢よりもかなり若く見える人も存在する。

(さしずめこの女性バーテンダーなどは若く見えるタイプだろう)

　そう思える。

(だとしたらタメ口は無礼だ。私のように明らかに年上、かつ権威が確定されている者ならともかく)

だがミサキは宮田の口調を気にする風もなく「〝私〟と静が結ばれたんじゃないですか?」と答えた。

「〝私〟と静が?」

宮田が噴きだしそうな顔をして訊き返した。

(つくづく失礼な男だ)

それも自分の浅学を棚に上げて。

「〝私〟と静が結ばれたのではないかとする説も存在するよ」

曽根原は思わず口を挟んでいた。

(しまった)

また口を挟んでしまったことを曽根原は後悔した。

(しょうがない)

後悔先に立たずだ。

「やっぱり!」

ミサキの顔がパッと輝いた。

(この輝く笑顔を見ることができただけでも良しとするか)

そう考えた。

(ポジティブシンキングだ)

グラスを揺らす。

（たとえ〝私〟と静が結ばれたのではないかという女性バーテンダーの説をも粉砕するとしても）

そう。曽根原もまた宮田同様、ミサキの考えを一笑に付すつもりなのだ。

（それもダメージを与えるやり方で）

そうしないと『こころ』に間違った印象を持ったままになってしまうだろう。

（これも啓蒙のためだ）

曽根原は心の中でほくそ笑んで「ただし〝私〟と静が結ばれたとするその説は間違いだ」と鉄槌を下す。

「間違い？」

曽根原は頷く。

「どうしてですか？」

「〝私〟はこの物語の数年後に自分の子供を持っている」

「え、そうでしたっけ？」

ミサキがカウンターの上の曽根原の文庫本に目を遣る。

「曽根原先生、ちょっと『こころ』を見せていただけませんか？」

「あ？　ああ」

曖昧な返事を受けてミサキが『こころ』を手に取りページをめくる。

「二五ページだ」

宮田が横から口を挟む。

「二五ページ？」

「新潮文庫。僕が読んだのは平成十五年発行の第百四十刷りめだけど」

この男……。『こころ』のすべての文章を覚えているというのか？　それもページ数と共に。

曽根原の言わんとするところを素早く察して該当箇所が二五ページだと指摘した。

（ありえない）

曽根原は即座に心の中で否定した。

（たまたま、その箇所だけ覚えていただけだろう。もしかしたらこの男の鉄板ネタなのかもしれない）

そうに違いない。曽根原はそう結論づけた。

（だが……。その箇所だけ覚えていたとしても、その暗記力は褒めてやってもいいか。〝私〟と静が結ばれたとする説は間違いだという私の説を認めもしたし。正しい説なのだから認めるのは当然だが）

正しい説に反論などできるはずがない。曽根原は小さな満足を得てマルガリータを飲むピッチをあげた。早めに飲みほして今度こそ引きあげようと思ったからである。

「曽根原先生の本も第百四十刷りめです」

奥付を確認したミサキが言う。二五ページには〝私〟と〝先生〟と〝先生〟の奥さんである静の三人が会話をしている場面が描かれている。子供のいない〝先生〟夫婦が〝子供でもいれば〃と話している。

ミサキは該当部分を読みあげる。

――子供を持った事のないその時の私は、

そこまで読みあげてミサキはページを閉じて文庫本をカウンターに置いた。

「ホントだ。その時の私には子供はいなかった。ということはこの手記を書いている時点では子供がいるって書きかたですよね」

「その通りだ」

曽根原が肯《うべな》う。

「〃先生〃の自殺が大正元年（一九一二年）。〃私〃が手記を書いたのは少なくとも『こころ』が出版された大正三年（一九一四年）だろう。その間に〃私〃は静以外の女性と子供を持った」

「でも曽根原先生。〃私〃が子供を持ったのは静との間だって事はないんですか？」

「だったら手記に書いているはずだ」

「理屈ですね。納得です」

素直でよろしい。と曽根原は心の中でミサキを褒める。

「宮田さんも曽根原先生と同じ意見なんですね」

「当然だ」

少しずつ素直になってきたか。

「Kを殺した犯人は〝先生〟だって説は間違いだっていう曽根原先生の考えにも賛成なんですもんね」

「Kを殺したのは下女なのだから〝先生〟が犯人であるわけがない」

斜め下からの賛意だったか。曽根原は溜息をつかざるをえない。

（いずれにしろ早めに帰ろう）

長居は無用だ。

「でも宮田さん」

ミサキが反撃するようだ。曽根原は反撃をミサキに譲るつもりになっていた。

（それぐらいの事は素人にもできるだろう。この男の説があまりにも馬鹿馬鹿しいのだから）

曽根原はミサキに視線を向ける。

「文学作品をどのように読むのも読者の自由だし特権でもあると思います。その結果、時には作者の意図しない真実を探り当てることもあるかもしれません」

「判ってるじゃないか」

「でもこの作品に関しては、あらゆる裏読みは無理ですね」

「どうして？」

「だって遺書があるんですよ」

曽根原は思わず噴きだした。その一言で宮田という男の説が粉砕されてしまったからだ。

（たった一言で……。これが笑わずにいられれようか）

そうなのだ。『こころ』の最終章は〝先生〟による遺書だ。本人が書いている物的証拠があるのだから、いかなる裏読みも不要だ。

曽根原は宮田に視線を移した。

（さぞ泡を食っているだろう）

その慌てふためいた様子を見ようと思ったからだ。だが宮田は意に反して涼しい顔をしている。

（惚けるつもりか？）

そう訝《いぶか》しんだ。

「ね？」

ミサキが宮田に念を押しにかかる。

「遺書は誰が書いたんだろう？」

「え？」

ミサキが驚いている。

（無理もない）

曽根原も驚いた。

（宮田という男、遺書を誰が書いたのかさえ覚えていないとは）

それでよく『こころ』を論じようと思いたったものだ。呆れるよりもむしろ感心する。その身の程知らずな冒険心に。

「遺書を書いたのは〝先生〟ですよ」

ミサキが優しく諭す。

「本当にそうだろうか?」

自分の無知をごまかしにかかったのか?

(往生際が悪い)

だがミサキはそんな宮田の諦めの悪さを気にせずに「どういう事ですか?」と訊いている。

「君は遺書の長さを知っているか?」

そういうことか。曽根原は苦笑した。

(遺書を〝先生〟が書いたことを失念したわけではなかった点はホッとしたが……)

遺書の長さを問題にしている時点で論が幼いことに変わりはない。

(この問題は、この店では解決済みだ)

曽根原はミサキを見た。ミサキに〝宮田に教えてやれ〟と目で合図を送ったつもりである。

ミサキが幽かに頷いた気がした。

「知ってます。遺書としてはありえない長さですよね。でもそれは漱石の単純ミスです」

問題終了。曽根原は満足した。ミサキは先ほど曽根原が講義した内容を覚えていて、なおかつ自分のものとして咀嚼《そしやく》し身につけている。それを宮田という新たな迷える子羊に伝授しているのだ。

（このバーテンダーに任せておけば安心だろう）

曽根原が安堵して「おあいそ」と言おうとしたとき先に宮田が「漱石がそんなミスをすると思うかい？」と質問を投げかけた。

「漱石だって人間ですよ」

ミサキは相変わらず優しく宮田を指導しにかかる。

（それでいい）

そしてミサキの指導する内容も理に適っている。いくら文豪の名を恣《ほしいまま》にする国民作家の漱石といえども神格化は良くない。

「そうだろうけど遺書の長さはミスではない」

「強情ですね」

この女性バーテンダーは私の考えていることを代わりに言ってくれているみたいだと曽根原は思った。曽根原も宮田のことを強情だと思い始めていたからだ。

「真実が曲げられるのを黙って見ているわけにはいかないからね」

「でも」

「人を強情だと思うときは自分が強情なんだよ」

屁理屈だ。

「だってそうだろ？　自分が考えを変えれば相手のことを強情だと思うはずもない。相手が考えを変えないと思うのは裏を返せば自分も考えを変えてないからじゃないか」

ミサキがポンッと手を鳴らした。

「言われてみれば、まったくその通りですね」

このバーテンダー、強度の天然なのか無邪気なのか。

「じゃあ、どっちの強情が勝つか。やってみましょうか」

どっちでもいい。

「曽根原先生、審判をお願いします」

「え？」

私？　何を考えているのだ、このバーテンダーは。曽根原が「私は帰るよ」と言いかけたとき宮田が「今の作家ならミスもあり得るけど当時の作家にミスはないよ」と言い放った。

（やれやれ）

何度、溜息をつけばいいのだろう。漱石ばかりでなく明治、昭和初期の作家、全員を神格化しているとは。

（半可通にありがちな妄想だ）

半可通とは大して知りもしないのに知ったかぶりをする人のことを言う。

「どうして当時の作家にはミスがないんですか？」

「当時の作家は手書きだったからね」

この男がここまで愚かだったとは。古い作家信仰に加えて今度は手書き信仰か。

（ワープロが出始めた頃はよくいたが……）

曽根原は当時のことを懐かしく思いだしていた。

（ワープロで書くとは心が籠もっていない。手で書いてこそ初めて心の籠もったものが書ける）

そんな意見を聞いたとき曽根原は〝だったらタイプライターを使って書いている欧米の作家や学者は全員、心が籠もってないのだろうか〟と反論したものだ。

また当時の雑誌で〝ワープロで書くのが速いか手書きが速いか〟という特集が出ていたことも覚えている。ワープロの方が速い派と手書きの方が速い派が半々ぐらいの割合だったはずだ。

（十年一昔と言うが）

もう何年ぐらい前の話だろう。その当時の感覚をこの男は引きずっているのか。

（滑稽だ）

同情を禁じえない。

（今は手書きの物書きなど、ほとんどいない）

一部のベストセラー作家ぐらいか。あまりにも売れて忙しかったからワープロを覚える時間がなかったと聞く。

（それが今は……）

若い作家には最初からパソコンやら端末やらで文章を書くことを覚えた者までいるだろう。

「手書きだとミスがないんですか？」

そんな事はない。

「ああ」

「どうして手書きだとミスがないんですか？」

「分量が判るからね」

分量？　宮田の言葉に曽根原は〝どういう事だ？〟と疑問に思った。

「当時はどの作家も小説を原稿用紙にペンで書いていた。だから自分の書いたものがどれくらいの枚数になるかを肌感覚で判っていた」

「それはそうでしょうね」

そういう事か。曽根原には宮田の言わんとするところが判った。

（まんざら馬鹿でもなさそうだ）

頓珍漢《とんちんかん》な珍説に拘泥《こうでい》している頭のねじくれた輩であることには変わりはないが。

「つまり漱石が〝先生〟の遺書を執筆したときに〝先生〟の遺書とまったく同じ分量の原稿用紙が目の前に積まれることになる」

「あ」

ミサキが惚けたように口を開けて動きを止めた。

（その顔もまた様になる。美人は得だな）

あるいは〝萌え〟というのだろうか。曽根原にはよく判らなかった。

「言われてみればそうですね」

ミサキの言葉に宮田は我が意を得たりとばかりに深く頷いた。

（調子に乗らない方がいい）

曽根原はマルガリータを口に運ぶ。

「あれは漱石の単純ミスじゃなくて判ってて書いたことなんですね」

「そう思うしかない」

「でもどうして判っているのにあんな分量の遺書を?」

そうだ。その疑問が残る限り逆に単純ミスと判断するしかないのだ。

「遺書は別人が書いたという事をしめすためさ」

「別人が……。いったい誰が?」

「下女さ」

「〝私〟ではなく?」

ほう。曽根原は少しだけミサキに感心した。

(遺書を書いたのは実は〝先生〟ではなく〝私〟であるという説を自分のものにしているとは)

戯《たわ》けた説であることに変わりはないが『こころ』に関するシンポジウムで言及されることもある説だ。それに引き替えこの宮田という男の説は……。

「〝私〟ではない」

「なぜそう言える?」

曽根原は思わず訊いていた。

(しまった)

自分が議論に加わる必要はない。曽根原はそう思って後悔した。

「〝私〟はすでに手紙があるからです」

宮田は淀みなく答えた。

「なるほど」

曽根原はいったん肯定する。

「つまり筆跡が割れていると？」

『こころ』の中章〝両親と私〟の中に〝私〟が〝先生〟宛の手紙を出す場面が描かれている。


〈一二四ページ〉

――委細手紙として、細かい事情をその日のうちに認《した》ためて郵便で出した。


同じページに《私の書いた手紙は可なり長いものであった》という記述もある。

「その通りです。〝私〟の筆跡はすでに知られています。その筆跡と違う筆跡で書かれた〝先生〟の遺書は〝私〟以外の人間が書いたのでしょう」

「〝先生〟が書いたという記述は〝四つに折りたためるはずがない〟ほどの分量を提示している漱石によって否定されていますもんね」

「その通りだ」

「〝私〟が書いたのでも〝先生〟が書いたのでもない。だから下女？」

「それ以外にいるかい？」

「いくらでもいますよ」

ミサキは動じない。

（意外に頼もしい）

曽根原は嬉しくなった。

（やはり自分が議論に参加しなくても、このバーテンダーに任せておけばいい。私は高みの見物と洒落《しやれ》込もうじゃないか）

曽根原はそう決めた。

「たとえば誰？」

「Kはすでに死んでいるから……。静が書いたとか？」

「それはない。静も筆跡が割れている」

「そうでしたっけ」

「静……すなわち〝お嬢さん〟は学校に通っていた。一六七ページに《御嬢さんは学校へ行く上に、花だの琴だのを習っている》という記述がある」

「つまり自筆のノートを取っていた。そのノートが自宅にある」

「そういう事だ」

「だったら母親じゃないですか？」

「なおさらないよ。遺書が書かれた時には母親はすでに死んでるんだから」

「あ、そうか」

〈二六一ページ〉

——妻の母が病気になりました。

——母は死にました。


ミサキは小さく頷くと「だったら……。下女しかいませんね」と言った。

「だからそう言ってる」

曽根原は眉を顰《ひそ》めた。

(バーテンダーを褒めて損をした)

何のことはない。バーテンダーは宮田の説を補強しただけだった。

「宮田君……と言ったね？」

いよいよ自分で乗りだすことにした。

(このままでは、この男のためにも良くない)

素人相手に大人げないとは思うが一言、二言、注意しておこう。

(我ながら親切だな)

そう思いながら曽根原は切りだす。

「仮に『こころ』の中で殺人が行われたと仮定して」

「はい」

「もちろん百歩譲ってだよ」

「判っています。曽根原さんは『こころ』の中で殺人など行われていないという立場でしょうから」


曽根原は自分自身は〝先生〟と呼ばれることが多い。

（大学で教える教授……教師、先生なのだから当然だ）

だから人から〝先生〟と呼ばれることにも慣れている。逆に今のように〝曽根原さん〟と呼ばれることは新鮮に感じる。曽根原はそんな感想を抱きながら「下女に動機はあるのかね？」と質問を発した。

「動機ですか」

「そうだ。殺人を犯すからには動機が必要だ。それが推理小説の定石ではないのかね？」

「たしかにそうですね。サイコパスなどの快楽殺人では精神的な異常が説明に使われる場合もあるでしょうが、そうでない場合には動機が判明してこそのクライム小説でしょうね」

「ならば下女の動機は？」

「静と下女が恋愛関係にあるのなら静に思いを寄せるKは恋のライバルになります」

「なるほど。だがそれだけで殺すかね？」

「もしかしたら決定的な要因があったのかもしれませんね」

「たとえば？」

「静がKに襲われた……あるいは襲われそうになったとか」

「そんな事があれば動機にはなるだろうが」

曽根原はしばし考える。

「Kにそんな機会はあったかね？」

「テキストを思いだしてください」

思いだすも何も曽根原の脳内には『こころ』のすべての場面が最初から最後までインプットされている。

「静とKが二人きりになる場面がありますよね」

「君はそのときにKが静を襲ったというのかね？」

「その可能性を考えています。だから下女はKを殺したのだと」

「静への忠誠心から？」

「愛情からです」

宮田は徳利から〈白牡丹〉を猪口に注ぐ。

「だがそのことは遺書には書かれていない」

「遺書を下女が書いたのなら書くはずがありません」

「なるほど」

曽根原はいったん引いた。

「下女が隠した真実にどのような可能性があるのかを探るのは自由だ。だが作中では、もう一つの殺人が描かれている。推理小説的に読む派の人たちは、そう考えているのではないかね？」

「その通りです」

「もう一人？」

「〝先生〟だよ」

曽根原の説明にミサキは「ああ」と頷いた。

「たしかにそうですね。肝心の〝先生〟の遺書が偽物だったら……。〝先生〟を自殺だと見せかけて殺した犯人がいて、その犯人が遺書を書いた事になりますよね」

「君はその犯人も下女だと？」

「はい」

「この小説の中では下女は物語に関与しない取るに足りない人物だ」

「だからこそ犯人であっても誰にも疑われない捜査圏外にいることができるんです。下女は見えない人なんです」

「〝見えない人〟が犯人か」

「はい」

「その際の動機も静に対する愛情のためか？」

畳みかけて訊く。

「財産を得るためです」

宮田はあっさりと答えた。

（この男の頭の中には予《あらかじ》め答えがあったのか。それとも質問されて咄嗟《とっさ》にそれらしい答えを

捻りだしたのか)

ミサキはミサキで開いた左手の手のひらに軽く握った右手をポンッと当てている。

「たしかに殺人の動機って金、恨み、男女関係って言いますよね。一番ありふれた動機だけに可能性は高いかもしれませんね」

この女は宮田の説を正解だという前提で話を進めているようだ。それが曽根原にはおもしろくない。

「下女が金目当てに?」

宮田の説の陳腐さを指摘しにかかる。

「というよりも」

違うのか?

「静と自分の暮らしの安定を得るためというのが本筋でしょう。〝先生〟が死ねば、その遺産は妻である静が一人で相続するのだから」

「そうですね!」

「余興としてはおもしろかった」

曽根原は言った。

(これでも精一杯、気を遣った言い方だ。おもしろいはずがないではないか)

宮田はその言葉に動ぜずに静かに猪口を口に運ぶ。

「だが所詮は戯れ言に過ぎない。『こころ』は推理小説などではない。もちろん百合小説などであるわけがない」

「では何なんです？」

「文芸作品だよ。漱石は自分自身を〝私〟に投影している。そして〝先生〟は乃木大将をイメージしている。乃木大将の実際の妻である静子が作中で〝先生〟の妻として静という名前を与えられている」

　反論の余地がない。

　曽根原はマルガリータを飲みほそうとする。

「その解釈だとKの存在が説明できませんね」

「なに？」

「たしかに『こころ』には曽根原さんが言ったような側面もあるでしょう」

「側面だと？」

「あくまで側面です。本質じゃない」

　曽根原の心に怒りが湧きあがった。

（人が穏やかに諭そうとしてやってるのに）

　ド素人の分際で、あくまで逆らうとは。

（もう容赦しない）

　曽根原は宮田を叩きのめす決意をした。

「君は『こころ』の中で殺人が描かれていると言うが、そのような描写はどこにもない。すなわち漱石はそんな事を書こうとしていたわけではない」

「はたしてそうでしょうか」

宮田の顔には余裕さえ感じられる。

「『こころ』には殺人の匂いが濃厚に立ちこめています」

「ノワール小説ですか?」

ミサキが目を輝かせて尋ねる。

ノワール小説とは暗黒街の一匹狼が犯す犯罪行為を描くなど一般的に悪人に分類される人物を主人公にして悪徳を行う様を主に描く小説のことだ。暗黒小説とも呼ばれるが本来はフランス語のロマン・ノワールの訳語でアメリカのハードボイルド小説の影響を受けて書かれたフランスのミステリ小説を指していた。

「そうなるね」

「『こころ』が暗黒小説の一面を持つ……。ワクワクしますね」

幸せな女だ。戯れ言に素直に喜べる無知な時代が懐かしい。だがそんな間違いを抱いたままこの先の長い人生を生きていかせるのは忍びない。

「どこにそんな匂いが立ちこめている?」

曽根原は宮田の説を粉砕しにかかる。

「たとえば……」

宮田は〈白牡丹〉を口に含む。

「不自然な暴力による死の強調」

「不自然な暴力による死？」

「はい」

「どこにそんな描写がある？」

「六三ページです」

やはり宮田という男は『こころ』のすべてのページを暗記しているのだろうか。

「六三ページに何て書いてあるんですか？」

ミサキの問いに宮田は《あっと思う間に死ぬ人もあるでしょう。不自然な暴力で》と答えた。

「これは〝私〟と〝先生〟との会話の中で〝先生〟の言葉として出てきます」

「不自然な暴力による死……。たしかにノワールっぽいですね」

「殺人そのものを表している」

「馬鹿馬鹿しい」

曽根原は鼻で笑った。

「たった一行、書かれているだけで。たまたま筆の勢いで書いてしまったに過ぎない」

「一行じゃありません。他にもありますよ」

「え？」

「同じページにこういう表現もあります」

宮田が一節を暗唱した。

──「すると殺されるのも、やはり不自然な暴力の御蔭ですね」

ミサキが宮田の言葉を吟味するように真剣な面持ちになっている。

「二回も出てくるとノワールの雰囲気が濃厚に醸《かも》しだされますね」

濃厚とまではいかないと曽根原は思ったが言い訳のようで口には出さなかった。

「それは〝私〟の言葉ですか？」

「そうだ」

「〝先生〟も〝私〟も〝不自然な暴力による死〟に言及しているとなると、ただの偶然ではなくて漱石のなんらかの意志を感じざるをえないですね」

ミサキまでいっぱしの評論家気取りか。曽根原は暗澹《あんたん》たる気持ちになった。

特定の表現が複数回出てきたとしても、たかだか二回。ことさら重要視するものではない。

「問題は、どういうつもりで漱石がこの言葉を選んだかなんだ」

「殺人を示唆《しさ》したくて？」

宮田は頷く。

「善人は殺人を犯さない」

ようやく曽根原が反論した。

「〝先生〟も〝私〟も殺人を犯すような悪人には描かれていないよ。それが漱石の意志だ」

「《平生はみんな善人なんです、少なくともみんな普通の人間なんです。それが、いざという間際に、急に悪人に変るんだから恐ろしいのです》」

「利いた風な口を」

「これは『こころ』の一節です」

「なに」

曽根原は虚を衝かれた。

「『こころ』にそういう文章があるんですか?」

「七二ページにある」

ミサキが再び『こころ』を手に取りパラパラとめくる。

「たしかに七二ページにいま宮田さんが言った言葉と全く同じ文章が書かれています」

曽根原も思いだした。

「宮田さんが言った〝問題は、どういうつもりで漱石がこの言葉を選んだか〟という観点を七二ページのその文章に当て嵌《は》めるとなんだか示唆的ですね」

そう言うとミサキは該当ページを開いて曽根原に見せた。

「見せなくてもいい」

曽根原は面倒くさそうに言う。曽根原にしたところで『こころ』はほとんど暗記している。

〝不自然な暴力による死〟

〝いざという間際に、急に悪人に変わる〟

たしかにその部分だけ取りだせばノワール小説の雰囲気が醸しだされるのかもしれない。だがそれは長い小説の一部分でしかない。

「漱石は殺意を執拗に描いています」

「殺意を?」

「二〇二ページを見てください」

ミサキがページをめくる。

「最後の行に、こういう一節があるはずです」

宮田が暗唱する。

——ある時私は突然彼の襟頸《えりくび》を後からぐいと攫《つか》みました。こうして海の中へ突き落したらどうすると云ってKに聞きました。

宮田は「これは〝先生〟がKに言った言葉です」と説明する。

「いずれにしろ作者である漱石がなんらかの意図を持って書いたんですね」

「その通りだ」

「その意図は殺人を匂わすこと?」

「そう思える」

「仮に」

曽根原が口を挟む。

「作品内でなんらかの殺人が示唆されているとしよう」

もちろんそんな事はないが、という言葉を曽根原は省略した。当たり前のことだからだ。

(百歩譲っての精神だ)

曽根原は宮田を見た。

「だが、それはあくまで〝先生〟のKに対する殺人だろう。君は『こころ』が百合小説だと言っていなかったか？」

「その通りです」

「しかし遺書の存在が」

「たしかに〝先生〟の遺書は存在します。でもそれは下女が仕組んだトリックだったんです」

「下女が仕組んだ？」

「そうです」

「どんなトリックなんですか？」

ミサキが宮田に訊く。

「さっきも言ったように手紙＝遺書の分量からこの遺書が〝先生〟以外の人物による偽造であることが判る。〝先生〟はすでに死んでいるのだから〝先生〟が書いたものではない。Kも死んでいるからKが書いたものでもない」

「〝私〟は？」

「手紙＝遺書は〝私〟が田舎にいるときに東京から届いたのだから〝私〟でもない」

「あ、そうか」

「後は？」

「静？」

「もしくは下女」

「下女……」

「下女と静は二人で一つと考えていいと思うけど、語り手は実に良く静のことを観察している。その筆致から考えるとやはり書き手は下女だと思う」

宮田は淀みなく自説を開陳する。

（そろそろ決定的な証拠をつきつけるか）

曽根原はそう考えていた。

（『こころ』は百合小説などではない、という決定的な証拠を）

そう思ったときにグラスが空になっていることに気がついた。

（いつの間に……）

喉が渇いていたようだ。

「はい、お代わりです」

ミサキが曽根原に新しいグラスを差しだした。同じもののようだ。

（気が利くのか、ただのお節介か。下手をすれば押し売りだ）

まあいい。曽根原はそのグラスをありがたく頂戴した。

「残念だが」

一口飲むと曽根原は切りだした。

「君の説は全く逆だ」

「逆？」

「そう。逆だ」

「どういう事ですか？」

「『こころ』が女性同士の恋愛感情を描いているなんてとんでもない。それどころか男性同士の恋愛感情を描いている。私自身はその説には与《くみ》しないがそう主張している研究者がいるんだよ」

「そんな研究者がいるんですか？」

ミサキが驚いたような大きな声で訊く。

「いるんだよ」

曽根原は嬉々として答える。

「ある研究者は漱石の研究雑誌において、冒頭の海水浴場の場面で〝先生〟が西洋人の男性と連れだっていたことに注目している」

「男性二人で海水浴場。しかもほとんど裸ですもんね」

「ホモセクシャルな匂いを嗅ぎとってもおかしくはない」

「ですね」

「しかも〝私〟はその西洋人の後釜として物語に収まる」

「つまり〝先生〟と〝私〟がホモセクシャルな関係だと？」

「その通りだ。〝私〟は〝先生〟と並んで海に仰向けに浮かんでいる場面もある」

「たしかにホモセクシャルな匂いが濃厚に立ちこめているような気もします」

「我が意を得たりです」

「何？」

一向に怯《ひる》んだ様子のない宮田に曽根原は驚きを隠せない。

「どういう事かね？」

「どちらも同性間の恋愛です。つまり漱石は同性間の恋愛感情もあると匂わせているわけです」

「そう思うのは勝手だが」

曽根原はグラスを口に運ぶ。

「肝心の静と下女の恋愛感情が描かれていないのだから君の説は端《はな》から崩壊している」

ミサキが宮田を見た。

「残念ながら」

負けを認めるか。

「男性同士の恋愛感情は描かれていません」

「匂わせていると考える研究者が複数いるんだよ。どう反論する?」

「終始一貫匂わせているのは静を巡る〝先生〟とKとの確執ですよ」

曽根原は言葉に詰まった。

「しかもそれを匂わせているのは遺書の書き手です」

「書き手は〝先生〟ですよね?」

宮田はミサキを見た。

「表面上は」

ミサキがつけ足した言葉に宮田は頷く。

「遺書の本当の書き手が普通の恋愛を印象づけたかった。それは何故か?」

「真実を隠すため……」

「その通りだ。そして遺書の書き手は〝先生〟ではありえない。下女です」

「下女が隠したかったことは……」

「静との恋愛です」

曽根原はグラスを見つめながら宮田の言葉を頭の中で検討する。

「静との恋愛……。下女の一方的な静への片思いではなくて下女と静は、お互いに意思の通じあった恋愛関係にあったのかしら?」

「そうだろうね。そして〝先生〟もそのことに気がついていた」

「〝先生〟も？」

「ああ。二五ページで〝先生〟はこう言っている。《子供は何時まで経ったって出来っこないよ》」

「まだまだ若い夫婦の会話としては不自然ですね。当時は不妊検査も行きとどいてないでしょうし……。静が夫婦生活を拒んでいたのかしら？」

「下女と恋愛関係に陥っていたのなら、その可能性はある。四二ページでも〝先生〟は不自然な行動を取る」

ミサキが該当ページを開く。

「〝先生〟がある晩、家を空けなければならない事態が出来したときに〝私〟に留守番を頼む。近所に泥棒が出たから残った静が心配だという理由だけど自分の留守中に若い男を妻のいる家に招待する神経が理解できないだろう」

「〝先生〟が静と下女との恋愛に気づいていたから若い男を家に上げても心配しなかったと？」

「そう思える」

店内に静寂が降りた。

「最初に僕が気になったのは」

「ヒメイチ……今度は辛煮です」

ミサキが勝手につまみを出した。

「ありがとう」

宮田も抵抗なくそれを受け入れる。

「身から骨を外して唐辛子と柚子を加えて煮潰しただけなんですけど」

「うまい」

「よかった」

ミサキがニコッと笑う。

(私だけに向けた笑顔ではなかったのか)

少し気落ちした。

(単なる営業スマイルか。いや、この笑顔が彼女の素なのかもしれないが)

いずれにしろどうでもいい事だ。

「僕が最初に気になったのは」

宮田が話を戻す。

「静が他人との会話の中で自分の夫のことを先生と呼んでいる点なんです」

宮田はその一例として四五ページの静のセリフ《そんな事、先生に聞いて見るより外に仕方がないじゃありませんか》を挙げた。

「どういう事かね?」

「自分の夫のことを〝先生〟と呼ぶでしょうか」

「言われてみれば変ですね」

ミサキが受ける。

「自分の夫をどう呼ぼうが妻の勝手だろう」

「それはそうなんですが普通は〝主人〟か苗字ですよね」

「〝先生〟が共通の知人の間では渾名《あだな》的な呼びかたになっていたら？　その場合は〝主人〟ではなく〝先生〟でもおかしくなかろう」

「そうか。気の置けない間柄だったらたとえば〝ソネポンがね〟とか？」

誰だ、ソネポンって。

「たしかにそういう例もあるでしょう。でもこの場合の〝先生〟は愛称ではなくて尊称です。他人との会話で自分の亭主に使うには相応しくない」

それは事実だ。だが……。

「それが？」

大した意味などないのではないか。

「夫婦になる前に〝先生〟と呼んでいて、結婚してからもなんとなくその呼び名を変えるきっかけを摑めないまま現在に至る……。そういうケースだってあるだろう」

「ありますね」

またまたミサキが曽根原の援護射撃をする。

「〝先生〟は〝私〟が初めてつけた愛称ですよ」

〈一三ページ〉

――私が先生先生と呼び掛けるので、先生は苦笑いをした。私はそれが年長者に対する私の口癖だと云って弁解した。

「あ」

曽根原は思わず声をあげた。

（しまった）

〝それがどうした〟と応対すれば良いところを驚いたような声をあげてしまったことは失敗だ。曽根原は後悔する。

「言われてみれば変ですね。〝先生〟というのは〝私〟がつけた渾名なんだから静は〝先生〟のことを別の呼びかたで呼んでいたはずです」

〝私〟に影響されて静も〝先生〟と呼ぶようになった。そう解釈することもできるはずだ。だが曽根原は反論しなかった。すれば余計に宮田が図に乗るような気がしたからだ。

（ここは、やり過ごすか）

曽根原はドライマンゴーに手を伸ばす。

「ミサキさん、その通りだ」

いずれにしろ図に乗ったか。

「遺書がたしかに〝先生〟が書いたものなら自分が本来呼ばれていた呼びかたを素直に書くでしょう。なのに本来の呼びかたではない不自然な呼ばれかたをしているのだから、この文章は

〝先生〟以外の人物が書いた可能性がますます高くなりました。加えて」

宮田は〈白牡丹〉を一口飲んで喉を潤す。

「後半になって〝私〟がまったく登場しなくなったのも不自然です」

「あ」

今度はミサキが声をあげる。

「言われてみればそうですね」

そのフレーズ、今日、何度目だ？

「この物語の主人公は〝私〟です」

異存はない。〝先生〟が主人公と見ることもできるが物語は〝私〟の一人語りで始まっている。

「『こころ』は上・中・下に分かれた三部構成で上のタイトルが〝先生と私〟で中のタイトルが〝両親と私〟。そして下のタイトルが〝先生と遺書〟になっている」

曽根原がミサキを学生に見立て、あらためて基本事実を講義する。

「そうですね」

「すなわち〝私〟が主人公として話が進められているのに最後の部分だけ〝私〟が消えている」

「〝先生〟を描きたかったんじゃないですか？」

「〝先生〟が主人公に変更されたんだね？」

「その通りです」

このバーテンダーは話が判る。

「主人公が変更されたのだから最終章に〝私〟が登場しなくても不自然ではない」

「はたしてそうでしょうか」

宮田が異議を唱える態勢だ。

「中章のラストはこうなっています」

宮田が暗唱する。


──私はごうごう鳴る三等列車の中で、又袂《たもと》から先生の手紙を出して、漸《ようや》く始から仕舞まで眼を通した。

宮田は続いて下章の最初の一文を暗唱する。

──「……私はこの夏あなたから二三度手紙を受け取りました。


宮田は「話の繋がりと下の冒頭のカギ括弧《かっこ》から推して下章が、まるまる先生からの手紙であることが判ります」と続ける。

「その通りだよ。そしてその手紙はまるごと〝先生〟の遺書となっている内容だ」

「その遺書は文庫本にして一三〇ページ分あります。その分量から、この遺書はこの小説を書いた人物の捏造《ねつぞう》だという結論を得ています」

「百歩譲ってそういう結論が出ているとしよう。だがそうだとすれば漱石はなぜそんな捏造をしたのかね?」

「捏造をしたのは漱石ではありません」

「なに?」

「漱石は〝この小説は誰かが書いたものだ〟ということを示したに過ぎないんです」

「〝私〟が書いた体裁になっていますよね?」

「その通りだ。君は判りが良いな」

私は悪いと言いたいのか?

「ところが漱石はこの手記は〝私〟以外の人物が書いたものであることを示唆しています。そのことは先ほど指摘したとおりです」

「仮にそうだとしたら手記を書いたのは下女」

「ミサキさん、その通りだ。消去法によって推測すれば下女しか残っていない」

この女性はどっちの味方なのだ?

一瞬、曽根原は訝しんだがすぐに悟った。

(この女性は、どちらの味方でもない)

ただ正しいと思った意見に賛同しているだけなのだ。言ってみれば真実の味方だ。曽根原は気を取りなおして話を続ける。

「仮に下女が手記全体を書いたとして」

曽根原は最大限の譲歩をしたつもりだ。

「下女は何のためにこんな長い手記を書いたのだ？　これは立派な文芸作品だ。芸術家でもない下女がいったい何のために？」

「隠蔽《いんぺい》工作のためです」

「隠蔽工作？」

曽根原は頓狂な声をあげた。

「はい。下女は二つの殺人を犯しているのですから」

「静を襲ったKを殺害し、次に〝先生〟を殺害した」

「そうだミサキさん。下女はその二つの殺人を隠蔽もしくは真実を誤った方向に導く……誤導しなければならない。だからこんな手の込んだ手記を書いて〝Kは自殺。先生も自殺〟と証明する必要があった」

「考えてみれば下女の周りで二人の人間が相次いで自殺してるんですものね。読者としては何かあると疑ってかかっても充分な状況ですよね」

「疑うのは自由だが……」

「最初に不審に思ったのは」

宮田が〈白牡丹〉を一口飲む。

「〝先生〟が毎月、Kの墓参りに行っていた事なんです」

「それは不審でも何でもないだろう。Kは自分のせいで自殺した。その罪の意識から毎月、墓参りをしてどこにも不審はない」

「もちろんそうなんですが僕は〝先生〟が毎月、Kの墓参りに行くのは真相に気がついていたからのような気がしたんです」

「真相？」

「はい。Kは自殺ではなく下女に殺されたのだと」

「何故そう思うのだ？」

「〝先生〟が下女を避けているからです」

「〝先生〟が下女を避けている？」

「はい」

「初耳だ」

「二五ページ。《先生は何かの序《ついで》に、下女を呼ばないで、奥さんを呼ぶ事があった》」

「不思議なことではあるまい」

「一度だけなら。ただ〝先生〟には下女を避ける傾向があったことを指摘したいのです。八三ページにも給仕を下女ではなく静がしていることに関して《これが表立たない客に対する先生の家の仕来《しきた》りらしかった》との記述があります」

「表立ったところは世間体があるから下女にやらせていたのかしらね」

「それらのことを踏まえると〝先生〟がKの墓参りに奥さんを連れて行かない理由に思い当たります」

「何だね？」

「下女もついてくるからです」

曽根原は宮田の言葉を検討する。

「そうか。〝先生〟が〝Kを殺したのは下女かもしれない〟って疑っていたら、お墓参りには来てもらいたくないですよね」

「来るとは限らないだろう」

「そうなんですが手向けの花や墓掃除など何かと荷物や作業も多いでしょうから、ついていく可能性は高いかと思います」

「ですよね」

ミサキが大きく頷いた。

「決定的におかしいのが遺書の宛先です」

「遺書の宛先？」

「普通、遺書は奥さん宛に書くのではないでしょうか？」

「あ」

「あ」

曽根原とミサキが同時に声をあげた。

「もしくは誰にともなく自分宛のような体裁で書くとか」

「それなのに〝先生〟は遺書を〝私〟宛に書いた」

「その時点で〝先生〟が書いたにしては不自然だったんですね」

「その通りだ。しかも遺書の長さも不自然に長すぎた」

「長く書かなければいけなかったのは下女が二つの殺人を隠蔽、誤導するためですね」

「そうだ」

「だが」

曽根原が抵抗を試みる。

「下女が書いたにしてもなぜ〝私〟宛なのだ？　静宛に書けば良いではないか」

「静宛に書けば当然〝先生〟から静への思慕の念を滲《にじ》ませなければなりません。それが下女には我慢できなかったのでしょう」

「そうか。〝静への思慕〟は自分だけのものでありたかった……」

「ああ。下女には静しか見えていなかったから」

「やっぱり『こころ』は下女が犯人のクライム小説だったんだわ」

「ちょっと待った」

たまりかねた曽根原がミサキの結論を遮る。

「明治天皇の描写は何のためにある？」

「明治天皇？」

ミサキが訊いた。

「ラスト近くに出てきますね」

宮田が応える。

「その意味は？　素直に文芸作品として捉えればモデル論として説明できる」

「モデル論ですか」

「ああ。〝私〟のモデルが漱石自身で〝先生〟のモデルが乃木大将だ。それを示すために乃木大将が殉死を捧げた相手である明治天皇に言及した。どこにも不自然な点はない」

「それだとやっぱりKの存在が説明できませんね」

「それは……」

曽根原は言葉に詰まった。

「〝私〟が漱石自身で〝先生〟が乃木大将……。たしかにそういう側面もあるでしょう。漱石もそれを意識していたのかもしれない。でも、それがすべてじゃない」

「むしろ本筋は別にあるって考えた方がこの小説はずっとおもしろくなりますね」

「おもしろく？」

ミサキの言葉に曽根原は眉を顰めた。

「おもしろくないですか？　『こころ』がクライム小説であり百合小説であったら」

「そんな読みかたは」

「読みかたは読者の自由ですよ」

宮田が言った。

「そして読者の読みかたが時には作者さえ意識していなかった作品の真実を探り当てることも

あると思っています」

「作者さえ意識していなかった……」

「そうです。作者は何者かに導かれるように書いてしまっていたことを読者が見つける。興奮しませんか？」

変態か、この男は。

（だが……）

それも一考か。

「君が探り当てた漱石も意識していなかった真実の描写はあるのかね？」

「あります」

宮田は断言した。

「それは？」

「名前です」

「名前？」

「どういう事ですか？」

「静だけには名前があるんです」

「あ」

曽根原は思わず声をあげた。ミサキが素早く曽根原に視線を向ける。向けた瞬間、ミサキにも曽根原が声をあげた理由、すなわち宮田の言わんとするところが判ったようだ。

『こころ』の登場人物には名前がない」

「〝私〟に〝先生〟にK」

「そうだ。ところがたった一人、名前を与えられた人物がいる」

「静、ですね」

「ああ。そこには下女の静に対する思いが現れている」

曽根原は反論しなかった。

「カシスシャーベットはあるかい？」

「ございます」

「それを」

ミサキは静かにカシスシャーベットを取りだした。

第二話　太宰治　～なぜかメロス～

茶色の鞄を手にした曽根原は〈スリーバレー〉の電飾看板の前に立っていた。

（何故だ？）

無意識のうちに足を運んでしまったらしい。

（場所が悪い）

ここ〈スリーバレー〉は学会の会合がある〈つつじ会館〉と駅とのちょうど中間地点にあるから気がつくと店の近くに来ているのだ。近くに来れば足が場所を覚えていたのか勝手に連れてこられてしまった。今日も太宰治に関するシンポジウムが〈つつじ会館〉で開催されて、その帰りなのだ。

（まあいい）

喉も渇いている。

（ジュースぐらい飲んでいくか）

曽根原は階段を降り〈スリーバレー〉のドアを開けた。

店内が前に来たときよりも明るい。

（日によって照明の明るさを変えているのだろうか？）

相変わらず客は一人もいない。ミサキという若い女性のバーテンダーが一人いるだけだ。

「あら曽根原先生！」

そのミサキが曽根原を見て嬉しそうな声をあげた。顔も輝いている。曽根原は悪い気はしない。ミサキが立つ場所に近いスツールに腰を下ろす。

「いまダイキリを飲もうとしていたんです。曽根原先生もいかがですか？」

ダイキリはラムベースの白いカクテルだ。シェーカーにバカルディ・ホワイトラム、ライムジュース、カリブシロップ、氷を入れてシェイクする。それをカクテルグラスに注いでグラスの縁にスライスしたライムを飾れば完成だ。

「ではそれを」

ジュースを飲んですぐに帰るつもりだったが商売上手のバーテンダーに乗せられた格好だ。

（それもいいか）

こんな美人のバーテンダーならば。そんなことを考えているうちにあっという間にダイキリが出てきた。

（速い）

曽根原はまずそう思った。思いながら形の良いダイキリの完成品に魅かれてグラスに手を伸ばして一口飲む。

（うまい）

口には出さないがそう思った。その気持ちを察したのかミサキが笑みを浮かべる。

（以心伝心か）

曽根原の頬も知らずに緩《ゆる》む。

「おつまみには切り干し大根と塩昆布の和《あ》え物をどうぞ」

ミサキが曽根原の注文も訊かずにつまみを出してくるのは前回と同じだ。

(それにしても手早い)

作り置きを出したのではない。ダイキリを提供した後に調理している姿を曽根原は目撃している。

(ただ和えるだけと言ってしまえばそれまでだが)

俊敏な野手《やしゅ》のように動きだしが早いのだろう。

「うまい」

切り干し大根の塩昆布和えを一口食べた曽根原は今度は声に出して言った。

「よかった」

ミサキも声に出して応じる。

(ダイキリに切り干し大根とは意外な組合せに感嘆したがヒョッとして語感からの連想か?)

ダイキリとキリ干しダイ根……。

(だとしたら評価を割り引かなければならないが)

そう思ったときミサキが「太宰治ですか」と声をかけてきた。

「え?」

「その冊子」

曽根原が足下の籠に入れた鞄のサイドポケットからシンポジウムで使った小冊子が見えている。

「太宰治という文字が見えたんです」

目が良いのか観察力に長《た》けているのか。

「あたし太宰治が大好きなんですよ」

「太宰も？」

「はい」

「君はたしか夏目漱石が好きだと言ってなかったかね？」

「もちろん漱石も好きです。でも太宰も大好きなんです」

「太宰の何が好きなんだね？」

試すような気持ちで曽根原は訊いた。本当に太宰が好きなのか。それとも、ろくに読んでもいないのに客の話に合わせるためにテキトーに言っただけなのか。

「『走れメロス』です」

教科書にも載っている。誰でも知っている話だ。

（なるほど）

これならテキトーに話を合わせる事はできるだろう。曽根原は俄《にわか》に興味を失った。

太宰治の作品は《恥の多い生涯を送って来ました》という冒頭の一文が有名な『人間失格』や『ヴィヨンの妻』あるいはタイトルとは裏腹に処女作品集の『晩年』や未完で終わった遺作

『グッド・バイ』など有名作が多い。戦争前に裕福だった人々の没落を描いてベストセラーとなった『斜陽』は斜陽族という流行語も生んだ。だが中でも教科書に採用されることが多い『走れメロス』は、いちばん有名だろう。《メロスは激怒した》という冒頭の一文は人口に膾炙《かいしゃ》している。冒頭はこうなっている。

――メロスは激怒した。必ず、かの邪智暴虐の王を除かなければならぬと決意した。メロスには政治がわからぬ。

ミサキは「今ちょうど読み返しているところなんです」と続けた。

本当なのか？

「それで、あらためて気づいたんですけど『走れメロス』って不思議なことだらけですよね」

ん？　不思議なことだらけ？

「『走れメロス』に不思議な点など、ないはずだが」

「そうでしょうね」

受け答えが支離滅裂だ。酔ってるのか？　ダイキリの前にも何か飲んでいたのだろうか。それもまたおつだが。曽根原の胸にそんな不埒《ふらち》な感想が浮かんだ。

「曽根原先生なら、すべてを解読されてらっしゃるでしょうから」

そういう事か。酔っているどころか客を良い気分にさせる商売ッ気は健在というわけだ。

「では君が解読していない点を聞こうか」

「お願いします」

「どこが不思議なんだね？」

ミサキの商売ッ気に免じて少し話につきあう気になった。

（このバーテンダーが不思議に思っていることを教えるのも悪いことではないだろう）

人助けの気持ちにもなっている。

「メロスはどうして初めから短剣を持っていたんでしょうか？」

「なに？」

思いもかけない方角から質問が飛んできた。

（そう来たか）

だが曽根原はミサキの言わんとするところを即座に理解した。

「メロスはセリヌンティウスに会いに行った。最初から王を殺すつもりなどなかった。なのにどうして短剣を用意していたのか？　そういう疑問だね？」

「はい。さすが曽根原先生。あたしの疑問をみなまで聞かずに察してくれますね」

『走れメロス』はメロスと親友のセリヌンティウス、そして王様の三人を中心に描かれる物語で人間の信頼と友情の美しさを描いた短編小説だ。

登場人物は三人の他にメロスの妹、妹の婚約者、そして王の手先の山賊、セリヌンティウスの弟子のフィロストラトスがいる。

ストーリーは以下の通り至って単純だ。

村の牧人であるメロスは近々結婚する妹のために町まで花嫁衣装を買いに出向いた。だがその町が人を信頼できなくなった王のために悲惨な状態になっていることを知る。残虐になった王は部下を殺し身内を殺し市民を毎日、殺していたのだ。そのことを聞いてメロスは激怒した。王を生かしておけぬと思ったメロスはそのまま王城へ乗りこむが捕まり処刑されることになる。だが大切な妹の結婚式を控えたメロスは生まれ故郷の村へ帰らなければならない。そこでメロスは王に嘆願する。〝三日間だけ猶予《ゆうよ》をください。その間に妹の結婚を祝し、それが済んだら帰ってきます〟と。メロスの嘆願を鼻で笑った王にメロスがさらに提案する。〝もし自分の言うことが信用できないのなら、この町にセリヌンティウスという私の親友がいる。その男を私の代わりに処刑してください〟と。もちろんメロスは必ず戻ってくるつもりだからこその提案である。

王はメロスの提案を聞くとある考えが頭に浮かんだ。メロスの言うことを聞いて放してやろうと。どうせ戻ってくるわけがないのだから、その時に〝ああ、やはり人間を信頼した自分が間違いだった〟と嘆いて見せれば良い。嘆きながらセリヌンティウスを処刑すればよい。〝わしが今まで部下や市民を処刑していたのは間違いではなかったのだ〟と嘆きながら。それで溜《りゅう》飲《いん》が下がる。自分の残虐な行いの正当性も示すことができる。

王の使者からの話を聞いたセリヌンティウスもメロスの提案を快諾する。メロスもセリヌンティウスもお互いに友を信頼しているからである。

かくしてメロスは放たれた。希望通り村に帰り妹の結婚を祝した。そして翌日、メロスは王の下に戻った。途中、山賊の妨害に遭いながらも、また風雨に苦しめられながらもメロスは友との約束を果たしたのだ。


曽根原は頭の中でストーリーをお浚《さら》いした。

「ほかにも不思議なことだらけですよね」

「たとえば？」

「王様は、どうしてメロスをすぐに殺さなかったのか」

「ふむ」

臣下や親族まで無慈悲に殺してきた王が臣下や親族とは比べものにならぬほど軽い存在で、しかも王を殺そうと王城に侵入した犯罪者であるメロスをすぐに殺さずに話を聞いた。

「他には？」

「メロスは走り通しで疲労困憊《こんぱい》しているはずなのに王城近くでセリヌンティウスの弟子とずいぶん会話をしているのも不思議です」

たしかに疲労困憊していた。

「まだあります」

ミサキが『走れメロス』を読みこんでいる事は確かなようだ。

「山賊は何のためにメロスを襲ったのか？」

「山賊が旅人を襲うのは当然だろう」

「でもメロスはお金を持っていないんですよ。ほとんど裸一貫の風体です」

「山賊はとりあえず旅人は襲うだろう。それが山賊の生業《なりわい》なのだから。普通、旅人は幾ばくかの金は所持しているのだから山賊はそれを見込んで手当たり次第に旅人を襲うものだと思うが」

ミサキはその言葉に納得したのか深く頷いた。

「でも」

と言うとミサキが突然しゃがみこんだ。

(どうしたんだ？)

立ちあがった時には、その手に文庫本を持っていた。

「『走れメロス』です。通勤用のバッグに入れてたんです」

いま読み返しているというのは本当だったのか。

「この山賊は、ただの山賊じゃないんですよね」

「というと？」

「金品を奪うことが目的じゃなくてメロスを殺すことが目的なんです」

曽根原は黙っている。

「襲ってきた山賊にメロスはこう言います。《私にはいのちの他には何も無い》と。その言葉に対して山賊はこう答えます」

ミサキは一四八ページの一節を読みあげる。

――「その、いのちが欲しいのだ」

ミサキは「ね？」と同意を求めるような目で曽根原を見た。

（そこに気がついたか）

曽根原は同意を示すように頷いた。

「どうして金品を奪うことが目的で旅人を襲う山賊が《いのちが欲しい》なんて言ったんでしょう？」

「簡単なことだ」

そしておそらくミサキも判って訊いている。

「山賊は王に命じられていたんだよ」

「ですよね」

やっぱり。山賊の言葉に対するメロスの言葉がテキストに書いてある。同じく一四八ページ。

――「さては、王の命令で、ここで私を待ち伏せしていたのだな」

メロスの言葉に答えずに山賊たちはメロスに襲いかかる。

「たしかに山賊はただの山賊じゃない。メロスの到着を遅らせるために王が雇った山賊だ。そう種明かしをされてみれば別に不思議な事じゃないだろう」

「そこまでは判るんです」

そこまでは判ってたのか。

「でも王の目的は、あくまで〝メロスが自主的に約束の時間に遅れること〟です。それが達成されて初めて〝やっぱり人の心なんて信じられない〟と言えるわけですから」

「そうだね」

「山賊に襲われて約束の時間に遅れた、あるいは王城に来られなかったのなら、それは不可抗力で王は〝やっぱり人の心なんて信じられない〟と溜飲を下げる事はできません」

この娘、かなり深いところまで考察している、と曽根原は密かに感心した。

「だが王も、それしか方法がなかったのだ」

「それしか方法がなかった？」

曽根原は頷く。

「たしかにメロスが自主的に遅れてくるに越したことはない。実際、メロスも心が揺れた事があった」

「ですよね」

激流の川を渡り山賊との死闘を制し体力を使い果たし倒れこんだときに〝私は充分にやった。もう限界だ〟と約束の時間に着くことを諦めかけた。

「それでもメロスは気持ちを奮い立たせて王城に戻るために走り始めたのだ」

「山賊は万が一、メロスが本当に妹の結婚式から王城に戻ってきた時のために王に命じられて途中の山で見張っていたんでしょうね」

「そうだ。川を渡った地点で待ちぶせしていた山賊は向かってくるメロスの姿を見てメロスが本当に帰ってきたことを知った。こうなったらメロスを殺すしかない」

「なにも殺さなくても痛めつけるだけでもメロスを約束の時間に遅れさせることができたんじゃありませんか?」

「それだと一部始終をメロスに報告されて王の陰謀を大衆が知ることになってしまう」

「あ、そうか」

「だから殺すしかなかった」

「でも……」

ミサキは手元の作業をしながら話を続ける。

「メロスを殺してしまったら、そしてそれが露見《バレ》たら〝メロスは裏切っていない〟ことが知られてしまいますよ」

「山の中の出来事だ。王城にいる者は知りようがない。そのまま闇に葬るつもりだったのだろう」

証明終了。

「でも……。どうして山賊なんでしょう?」

「ん？　どういう事だね？」

「メロスを襲わせるなら山賊を雇うよりも自分の臣下の兵に襲わせた方が確かですよね」

そう来たか。

「どこの馬の骨ともしれない山賊なんかに頼んだら、たとえメロスを殺害しても口が軽くて、そのことを露見《バラ》されるかもしれない。あるいは逆に王を脅迫するかもしれない。そもそも訓練されていないからミッションに失敗するかもしれない。危険が一杯です。それだったら訓練されている兵士を使った方がよっぽど安全だし確実です」

よくそこまで考えたものだ。それに対する答えは用意されているが……。

「そして最大の疑問が」

まだあるのか。

（しかも最大の疑問とは）

曽根原が〝まとめて答えるとするか〟と考えたときにミサキがカクテルを一口飲んだ。

「あたしもダイキリをいただいています」

今さら言われても……。

ミサキが軽くグラスを掲げた。曽根原は思わずグラスを掲げ返した。

（しまった）

ミサキの自然な動作の流れに乗ってしまった。

（まあいいか。バーテンダーが勝手に自分のカクテルを作るのがこの店のシステムなのかもし

れないし）

曽根原は良い方に考えた。それにミサキが言う〝最大の疑問〟とやらを聞いてみても良い。余興ぐらいにはなるだろう。

「そう。最大の疑問は」

ダイキリで喉を潤したミサキが本題に戻る。

「暴虐の限りを尽くしていた王様がラストでメロスとセリヌンティウスの厚い友情と堅い信頼に感動して《おまえらの仲間の一人にしてほしい》って言うところなんです」

「たしかに図々しい気もするが……」

「周りの人たちも《王様万歳》と改心した王を讃えています。それまで王は散々、人を殺していたのにです。それなのに讃えるなんて」

「理由が判らないのか？」

「判りません」

素直でよろしい。曽根原は心の中でそう呟いた。どこかのひねくれた風来坊《ふうらいぼう》よりも、よほど可愛げがある。

（教えてあげるとするか）

タダで専門家の講義を聴ける幸せを、このバーテンダーなら理解するだろう。それぐらいの信頼を曽根原はミサキに寄せ始めていた。

「君が今まで述べてくれた『走れメロス』に関する疑問箇所は、すべて物語の要請《ようせい》に過ぎない」

「物語の妖精？」

「そうだ」

「素敵ですね」

「素敵？」

「はい。物語には、その物語の妖精がいて、その妖精が物語を左右しているなんて。素敵な考えです」

「そのヨーセイではない」

信頼して損した。

「あら。違うんですか？」

「ストーリーの要請上、そういう展開になっているという話だ」

「その要請ですか」

曽根原はダイキリを飲みほした。

「味気ない気もしますけど現実的ですね」

「そういうものだ。英雄譚《たん》を始めとする古代の物語では主人公に難題が降りかかるのが常なのだ」

「たとえば？」

曽根原は少しムッとした。

(日本文学研究界の重鎮《じゅうちん》を自由に使っているような振るまい……。しかも少しタメロっぽい)

実際、相手がミサキでなかったら怒っていたかもしれない。

（まあいいか）

ミサキの笑みを湛《たた》えた顔を見つめてそう思った。

「ヘラクレスの十二功業」

ミサキの質問に答える。

「ギリシャ神話ですか？」

「そうだ」

ヘラクレスはギリシャ神話の最高神であるゼウスと人間の娘との間にできた戦士だ。ヘラクレスは王から十二の難行を与えられる。ライオン退治、水蛇ヒュドラ退治、黄金のリンゴの入手などなど……。それらの難題をヘラクレスは次々と突破していく。

以上のことを曽根原はミサキに説明した。

「それがヘラクレスの十二功業ですか」

「そうだ。主人公に次々に襲いかかる困難。それが物語というものだ」

「他には？」

またタメ口にも聞こえるがミサキの輝くような笑みはそれを感じさせない。曽根原は素直に答えることにする。

「聖杯伝説」

「聞いたことがあります」

「中世ヨーロッパに成立した聖杯を追い求める物語群のことだ」

ピンと来ないのかミサキは黙っている。

「もう少し詳しく言うと」

なぜかミサキの前では親切に説明してしまう。そんな自分に曽根原は気づいていた。

「聖杯とはイエスが最後の晩餐《ばんさん》に用いた杯のことだ」

「そうだったんですか」

ミサキも腑《ふ》に落ちたようだ。

「しかも、その杯で使徒たちは十字架上のイエスの血を受けたとされている」

「貴重な杯ですね」

「だから聖杯だ。その聖杯を探す物語群を聖杯伝説という」

「多くの人が聖杯を探したって事は、その杯はイエスの血を受けた後で行方が判らなくなったんですね」

そこに反応するとはと曽根原は虚を衝かれた。

「そういう事だな」

今まで疑問に思った事もなかった。

(こういう素直な心を思いださせてくれるのは新鮮なことだ)

曽根原はミサキの存在意義を見いだした。

「とにかく聖杯伝説とは聖杯を探す物語だ。主人公の探求者には必ず困難が待ち受けている」

「お約束ですね」

「そう。〝お約束〟だ。ただし現代の物語のようにリアリティは求められない」

「リアリティ？」

「『走れメロス』でいえば、なぜ山賊が待ちぶせをしていたのか。たしかに君が疑問を感じたように山賊がメロスを殺してしまったらメロスが心変わりをした事にならないし、そもそも兵に命じた方が確実だ。だが古代の物語では、それらは些細な問題と見なされ誰も気にしない」

「そうなんですか」

「そうだ。困難は、ただ困難として主人公の前に立ちはだかる。山賊もただ困難として目の前に立ちはだかったに過ぎない。それが〝物語の要請〟だ。その方が物語がおもしろくなる」

「よく判りました」

判ればよろしい。

「『走れメロス』も古伝説が元になってるんですものね」

「そういう事だ。物語の要請に従って山賊は登場したのだ」

「でも古伝説を元にしてはいますけど書かれたのは現代です。古代物語の〝お約束〟に縛られなくてもいいのでは？　たとえば太宰が整合性をつけ足してもいいんじゃないかしら」

ドアが開いた。見覚えのある男が入ってきた。

「いらっしゃいませ」

ミサキが爽やかな声で迎える。

「お待ちしていました。宮田さん」

そうだ。この男の名前は宮田だった。

「お待ちしていましたって……。僕が来ることが判っていたの？」

「はい。松永さんに聞いていたんです。宮田さんは、いつも金曜日の八時半に現れるって」

松永というのは、おそらくこの店の本来のバーテンダーのことだろう。曽根原は先週、この店で交わした会話の記憶を呼びおこす。

「松永さんは、まだ復帰できないの？」

「そうですね。ちょっと忙しいみたいです」

「そうなんだ」

宮田はスツールに坐ると「またお会いしましたね」と曽根原に声をかけてきた。

（面倒だな）

曽根原はそう思った。

（この男には、あまり良い印象がない）

美人バーテンダーの前で、なんとなく、やりこめられた雰囲気になってしまったことが原因なのか。だが曽根原は深い自己分析は控え小さな会釈《えしゃく》を返した。

「何を飲もうかな」

宮田がメニューに手を伸ばそうとしたときミサキが「アブサンはどうでしょう？」と誘いをかける。

「アルコール度数が高いリキュールです」

リキュールとは蒸留酒に砂糖や果実、ハーブなどを加えて作る混成酒だ。

「それは知ってるけど、どうしてアブサンを？」

「いま曽根原先生と太宰の話をしていたんですけど『人間失格』の中にアブサンに言及した記述があるんです」

「知ってるよ」

それも知ってたのか。それを一々報告しなければ気が済まないところは大人げないが。曽根原がそう思ったとき宮田が『人間失格』の一節を暗唱した。


〈八五ページから〉

——飲み残した一杯のアブサン。

——自分は、その永遠に償い難いような喪失感を、こっそりそう形容していました。


「朗読、うまいですね」

そこ？　曽根原はそうも思ったが口には出さなかった。朗読ではなく暗唱だがそれも黙っていた。

「褒めてもらったからアブサンをもらおうか」

「ありがとうございます」

ただの商売上手か。

「クラシックスタイルで」

「かしこまりました」

クラシックスタイル？

（何だそれは？）

曽根原はおもしろくなかった。アブサンは知っていたが、その飲みかたである〝クラシックスタイル〟というものを知らなかった。故にミサキと宮田の会話に仲間外れにされたような疎外感を感じたのだ。

アブサンとはフランス、スイス、スペインなどを中心にヨーロッパで作られているニガヨモギなどを中心にした薬草系のリキュールだ。アルコール度数が七〇パーセント前後のものが多い強い酒で薄く緑色を帯びている。

「クラシックスタイルは火を使います」

「火を？」

曽根原の心中を察したのかミサキが説明する。

「穴の開いたアブサンスプーンを」

そう言いながらミサキは手にしたアブサンスプーンを曽根原に見せた。細長いスプーンの窪みの部分にフォークのように縦長の隙間が三列、開いている。カウンターには、いつの間にかアブサンを注いだグラスが用意されている。

ミサキは角砂糖を一つ載せたアブサンスプーンをグラスの縁に渡して載せる。角砂糖の上にアブサンを垂らして火をつける。燃え尽きるタイミングで水を注いでグラスに入れて混ぜる。

「どうぞ」

アブサンのカクテルグラスを宮田の前に置く。宮田はすぐに一口飲む。

「どうですか？」

「なかなかいいね」

「よかった」

ミサキがニコッと笑う。

「むかし新宿マイシティの一階にあった喫茶店を思いだした」

「何ですか？　それは」

「アイスクリームを頼むとアイスクリームに花火が刺さってついてくるんだよ」

「まあ派手」

「こういう演出は嫌いではない」

素直に〝好きだ〟と言えばいいのに。曽根原は余計なことを思った。

「ありがとうございます」

だがミサキは気にした風もなく如才なく挨拶を返している。

「おつまみには焼き鳥はいかがですか？」

「焼き鳥？」

「はい。山椒をかけて。太宰が好きだった食べかたです」

「じゃあそれを」

この男には自分というものがないのか。

「太宰治は焼き鳥に山椒をたっぷりかけて食べたって井伏鱒二《いぶせますじ》がエッセイに書き残しているんですよ」

「そうなんだ。師匠格である井伏鱒二の『山椒魚』に敬意を払ったのかな?」

「その可能性には気がつきませんでした」

「鰻屋で覚えたのだろう」

曽根原が口を挟む。

「鰻屋?」

「太宰は地元の三鷹《みたか》で鰻屋に通っていた。そこで山椒をたっぷりと振りかけて食べたそうだ」

「そうだったんですか。勉強になります」

こんな事で勉強と言われても……。

「よろしければ曽根原先生も焼き鳥をどうぞ」

そう言うとミサキは既に焼きあげた焼き鳥を一皿、曽根原に差しだした。

(いつの間に)

相変わらずの早業《はやわざ》に曽根原は感嘆した。

(このバーテンダー、マジシャンの才能があるのかもしれない)

人の注意を会話などで逸らしながら本来の作業を進めていく……。

提供された焼き鳥には抜かりなく山椒がたっぷりとかけられている。

「今日は『人間失格』について講義を?」

曽根原が焼き鳥に手を伸ばしたとき宮田が誰にともなく訊いた。

「『走れメロス』です」

ミサキが答える。

「へえ」

厭《いや》な展開だ。曽根原は自然に顔を顰《しか》めた。

「曽根原先生は、あたしが抱いていた『走れメロス』に関する疑問を、すべて解明してくれたんです」

「さすがだね」

人を褒めることは心得ているらしい。

(目上の、そして文学の先導者である私に対する敬意を持ち合わせているだけましか)

曽根原はそう思った。

「『走れメロス』に常々疑問を抱いているなんて」

そこか。

「太宰も好きなんです」

「疑問というのは? 実は僕も最近、太宰を読み返しているんだ」

「奇遇ですね」

頭が痛くなってきた。通ぶって太宰治を〝太宰〟などと名字だけで呼ぶのはまだ可愛げの範《はん》疇《ちゅう》だろうが宮田の〝僕も最近読み返している〟という言葉には自分は太宰に詳しいという胸中が透けて見える。

(小癪な)

まぐれ当たりで美人バーテンダーにいい顔を見せられたと勘違いした文学愛好者崩れが、また太宰をネタに良いところを見せようとしているのか？　それをバーテンダーも〝奇遇ですね〟などという寝ぼけたような返答で繋げようとしている。

(また懲らしめる必要が出てくるのか？)

曽根原は心の中でほんの少し身構える。

「僕も『走れメロス』は好きなんだ」

「そうなんですか」

「実に特異な作品だからね」

「特異？」

曽根原は思わず訊き返していた。

「ええ」

「どこが特異なんだね？」

『走れメロス』は普通の小説のはずだ。たしかに暗い私小説が多い太宰治の作品群の中では珍しく前向きな作品で、その点では異彩を放っている。だが、それはあくまで〝太宰の中では〟特異なのであって一般の小説として見た場合、とても判りやすい構造を持つ、まったく特異ではない小説だろう。

（どうせ美人バーテンダーの前でいいところを見せたくて気を引くようなことを思いつきで口走ったに違いない）

だったら、その間違いを正してやろう。美人バーテンダーのためにも……。曽根原はそう思って、どこが特異かを質問したのだ。

「あの話はセリヌンティウスが見た夢なんですよ」

「はあ？」

曽根原は頓狂《とんきょう》な声をあげた。

（何を言っているのだ？　この男は）

宮田の言っている意味がまったく判らない。

「どういう意味かね？」

何か譬《たと》え話をしているのだろうか？

「そのまんまの意味です。『走れメロス』はセリヌンティウスが見た夢を記述したものなんです」

説明されても判らない。

「『走れメロス』はセリヌンティウスが見た夢を描いたものなんですか？」

「その通りだ」

このバーテンダーのような素直な理解力を持っていた頃が懐かしい。曽根原は本気でそう思った。それはまだ文学に関する知識をほとんど持っていなかった頃だから実現できる吸収力だ。

(今では即座に様々な否定の可能性が頭に浮かんでしまい、あまりにも突飛な説だと何か裏があるのだろうと深読みして逆に意味が判らなくなる)

そんな思いでミサキに目を遣《や》る。ミサキは少し不満げな顔をしている。

「どうして、そう思うんですか?」

「『走れメロス』には不自然なところが散見されるからね」

「不自然なところ?」

「ああ。そしてその不自然なところは現実ではなくて夢だと考えれば納得できる」

「偶然ですね。あたしも『走れメロス』には不自然なところがあると思っていたんです」

「へえ。そうなんだ」

「ちょっと待ちたまえ」

曽根原は思わず口を挟んだ。

「いったい、どこが不自然なのかね?」

「結婚式ですよ」

宮田は即答した。

「結婚式?」

「ええ」

「妹の結婚式ですね？」

そう言いながらミサキがカウンターの上に置かれていた文庫本を手に取った。新潮文庫、太宰治の『走れメロス』である。

「何年版？」

すかさず宮田が訊く。

「平成十六年に出た七十二刷りです」

「僕が読んだのと同じだ」

版まで覚えているのか？ 不必要な記憶力だけは健在のようだ。

「結婚式のどこが不自然なんだ？」

曽根原がさらに訊く。

（無視してもいい意見だが私も人が好い）

座興につきあってやるとは。

「半年後に予定されていた結婚式を翌日に挙げさせるなんて強引すぎるでしょう」

「ちょっと待ってください」

ミサキが該当ページを開く。

「ここですね。一四四ページ」

――あす、おまえの結婚式を挙げる。

ミサキは該当ページを宮田と曽根原に示すと「たしかに強引ですね」と言った。

「そんな事か」

曽根原は鼻で笑う。

「そんなのは物語の要請に過ぎない」

曽根原はミサキにした説明を宮田にも施す。

「その証拠に妹の婚約者はメロスの強引な申し出をなかなか受けいれようとしない」

ミサキがページに目を遣る。

――婿の牧人は驚き、それはいけない、こちらには未だ何の仕度も出来ていない、葡萄の季節まで待ってくれ、と答えた。

曽根原はページを見て頷く。

「これは現実的な反応だ。つまり夢ではなく現実的な出来事として描かれている。けっして夢の中の出来事だから結婚式を前倒しにしたのではない」

「でも結局は受けいれる」

「それが物語の展開上、必要だったからだ。そもそも」

ピッチがあがり曽根原はダイキリのお代わりを催促する。ミサキは予測していたのか、すぐに次のダイキリを曽根原に提供する。

「『走れメロス』は西洋の物語から材を得ている」

「ええ。小説の末尾に《古伝説と、シルレルの詩から》と太宰自身が小説の元になった素材を明記していますね」

「そうだ。そこに太宰が独自の創作を加える余地はない」

「そうでしょうか」

しつこい。曽根原は宮田の諦めない姿勢を不快に思った。

「僕は『走れメロス』は古伝説やシルレルの詩の他にも太宰が経験した現実の出来事が影響していると考えています」

「現実の出来事？」

「はい」

「どんな出来事だね？」

「大酒飲みのエピソードです」

「太宰の？」

ミサキの質問に宮田は頷いた。

「太宰が破滅的な生活を送っていたことはよく知られています」

「『人間失格』に書かれていますよね」

ミサキが合いの手を入れる。

「ああ。『人間失格』は主人公が小説を書く人間ではなくて漫画を描く人間として描かれてはいるけれど小説を漫画に置き換えただけで自伝的な作品である事は間違いない」

「つまり『人間失格』に書かれていることは百パーセントとは言えないけど太宰の実生活が色濃く反映されているという事ですね」

「そうだ。そしてその自伝的小説である『人間失格』では主人公が、どうしょうもない駄目男として描かれている」

泥酔を繰り返し知人に借金を重ねる男……。

「主人公は作中で女性と心中事件を起こしてますしね」

「自分は助かって相手の女性だけ死んだと書かれている。そしてこれは太宰が実際に経験したことだ」

二人の会話を聞きながら曽根原は太宰の生涯を頭の中で振り返る。

一九〇九年(明治四十二年)。太宰治は青森県北津軽《つがる》郡に十一人兄弟の十番目の子として生まれる。生家は使用人を二十人も抱える県下屈指の大地主であり大富豪であった。

太宰は恵まれた環境の下、弘前《ひろさき》高等学校を卒業すると東京帝国大学仏文科に入学。五月に井伏鱒二の知遇を得て師事することになる。

学生時代から作家志望だった太宰は同人誌活動などをしていたが〝太宰治〟として作家デビ

ューしたのは二十四歳の時だ。〈サンデー東奥〉に発表した『列車』がデビュー作である。

その後は作家として快進撃を続けるが私生活は荒れていた。

二十歳の時に自己の出身階級に悩んで服毒自殺を試みている。

二十一歳の時には銀座のカフェの女給で人妻の田部シメ子と知りあい三日間を共に過ごした後に心中を試み田部シメ子のみ死亡。太宰は自殺幇助《ほうじょ》に問われたが起訴猶予となる。

二十六歳の時に盲腸炎で入院し、その際に鎮痛剤として用いたパビナールを常用するようになり中毒となり翌年、パビナール中毒で入院している。

二十八歳の時に青森の芸妓、小山初代と水上温泉《みなかみおんせん》で心中を図るも未遂。

三十歳で石原美知子と結婚。東京・三鷹に居を構え一男二女を設けるも太田静子との間に治子が生まれる。

三十九歳の時に山崎富栄と玉川上水《たまがわじようすい》にて入水自殺を遂げ三鷹の禅林寺に埋葬される。


「太宰は酒もよく飲んだ」

「大正や昭和初期の純文学作家って破滅的な人が多い印象があります」

「太宰もその例に漏れなかった。あるとき熱海《あたみ》で仕事をしていた太宰は手持ちの金が心許なくなって東京にいる内縁の妻に金を無心した」

「当時は銀行を使って送金するって事も一般的ではなかったのかしら」

「だろうね」

「かといって奥さんがお金を持って熱海まで行くのは大変でしょう」

「だから奥さんは旧知の作家、檀一雄《だんかずお》に熱海まで金を持っていくように頼んだ。檀一雄は快く引きうけて奥さんから金を受けとると熱海まで向かった」

「太宰は助かったでしょうね」

「ところが太宰は金を受けとると気が大きくなったのか檀一雄を誘って飲めや歌えの乱痴気騒ぎを繰り広げてしまう」

「檀一雄もそれに乗ったのね」

「そういうこと」

「さすが無頼派」

「二人はドンチャン騒ぎで奥さんがよこした金を、あっという間に使い果たしてしまった」

「酷い話だわ」

「そこで太宰は檀一雄を人質に宿に残して自分が金策をすると言って東京に向かった。この顚末は檀一雄がエッセイに書き残している」

「檀一雄は実際に太宰がお金を持って帰ってくるまで不安だったでしょうね。本当に来るだろうかって」

「『走れメロス』に似てないか？」

「あ」

ミサキが口を開けた。

「檀一雄はエッセイの中で《「熱海事件」を、「走れメロス」という作品が生まれた原因であったなどと、私は強弁するような、そんな身勝手な妄想も意志も持っていない》と書いている。書いているけど僕はまさに、その〝熱海事件〟こそが『走れメロス』の元になったと思っているんだ」

曽根原は首を横に細かく何度も振った。

「荒唐無稽だ」

宮田の考えを曽根原は一刀両断した。

『走れメロス』は実体験などからヒントを得たのではない。太宰自身が小説の最後に《古伝説と、シルレルの詩から》と明記しているのだから」

「たしかにそうですが太宰の実体験がその古伝説とシルレルの詩の知識に結びついたことは大いに考えられると思うんです」

「だからといって、この格調高い友情と信頼を描ききった作品が自分たちのドンチャン騒ぎの挙げ句の金の無心というつまらない出来事に由来しているなんて」

「つまらない出来事を芸術作品に昇華させるのも天才の太宰ならできたんじゃないでしょうか」

「それは……」

できたかもしれない。

「つまり古伝説が元になっていたとしても創作の入りこむ余地はある。そう言いたいんです」

「それは認める」

「ありがとうございます。だから太宰も古伝説や実体験を下敷きにしながらも自分なりの創作を入りこませたんだと思います」

「自分なりの創作……」

「この古伝説が実はセリヌンティウスが見た夢なんだという創作をね」

「それでこそ太宰って感じがしますね」

うまくバーテンダーを味方につけたか。だがそれも一瞬のことだ。

「セリヌンティウスは、いつどこで、その夢を見たのかね？」

曽根原は反撃を開始した。

「処刑台の上でです」

「なに？」

「どういう事ですか？」

いったん宮田に賛意を見せたミサキも驚いている。

「言っただろう。『走れメロス』はセリヌンティウスが見た夢なんだって」

「でも主人公はメロスですよね？」

「そう。主人公はメロス。作者がセリヌンティウスだ」

「作者が？」

「つまりセリヌンティウスが王に捕まったのは本当の出来事なんだ。そこで処刑のために柱に磔《はりつけ》にされる。そのときに見た夢なんだよ。メロスが走ってくるのは」

「メロスが走ってくるのは夢……」

宮田が頷く。

「誰かに助けに来てほしい……。磔にされて処刑を待つ身のセリヌンティウスの願望が夢を見させたんだ」

「セリヌンティウスの願望が……」

「そうだ」

「ちょっと待ちたまえ」

曽根原は堪らず口を挟んだ。

「メロスは夢の中の登場人物だというのかね？」

「そうです」

「滅茶苦茶な説だが……」

曽根原は首を左右に細かく振る。

「それはまあいい。どんな説を唱えるのも自由だ。だがメロスが夢の中の登場人物ならば、そもそもセリヌンティウスはどうして捕まったんだね？」

「王を狙ったからです」

「王を狙った……」

「王様を狙ったのはメロスですよ」

曽根原の代わりにミサキが反論する。

「メロスが短剣を持って王城に押しいったんですよ」

ミサキが宮田に駄目を押す。

「だが」

宮田の顔には余裕すら感じられる。

「メロスの行動には不自然な点が散見される」

「それは、あたしも思ってました」

そもそもミサキが『走れメロス』には疑問がいっぱいあると言いだしてこの話は始まった。

「やっぱりそうか」

「はい。でもそれと『走れメロス』がセリヌンティウスの見た夢だっていう話とは関係ないんじゃありませんか？」

「そんな事はない」

宮田がアブサンクラシックを飲みほした。

「夢だからこそ現実ではありえないような不自然な点が多々出てくるんだ。夢って整合性がない場合が多いからね」

「それはそうですけど」

ミサキはどこか不満そうだ。

（その不満の正体を自分でも言葉にできずに困っているんじゃないか？）

曽根原はミサキの心の中をそう推測した。

（助け船を出すとするか）

曽根原はダイキリを飲みほすと「なぜセリヌンティウスが王を狙ったのかね？」と宮田に訊いた。

（その根本的事柄も考えていないだろう）

曽根原は口元に笑みが浮かぶのを禁じ得なかった。

「王の圧政に憤《いきどお》ったからです」

だが宮田はあっさりと答えた。

「何を言っているのだ？　セリヌンティウスはただの市民だよ」

「それでも暴虐無人な王に憤ることはあるでしょう」

「あるかもしれないが、そこまでだ。普通の市民は王を暗殺しようなどという野望は抱かない」

「王を倒すって普通に考えれば革命ですよね」

そう言いながらミサキは宮田にグラスを差しだす。

「今度はアブサンの水割りです」

相変わらず客に注文も訊かずに勝手に酒やつまみを出すシステムは健在だ。宮田もそのシステムを疑問にも思わず「ありがとう」と礼を言って受けいれている。

「一人で成し遂げようとしたのだから暗殺かしら」

ミサキが話を戻す。

「革命の手段としての暗殺といったところだろう」

宮田がそう言うと曽根原は「暗殺は普通の市民ができるものではない」と釘を刺した。

「ではなおさら」

宮田はアブサンの水割りを一口飲む。

「ちょっと来ただけの旅人であるメロスが突然たった一日で思いついて実行に移すのはさらに不自然でしょう」

曽根原は言葉に詰まった。

「言われてみればそうですよね。メロスは、よそ者ですしね」

ミサキが鞍替えした。

「よそ者が、その土地の政治に介入したら問題だよ」

宮田はそう言った後で「おいしいね。アブサンの水割りも」とつけ足した。

「ありがとうございます」

ミサキはそう礼を言うと「政治に介入したのはよそ者ではなくて土地の者だと仰《おつしや》りたいんですか？」と続けた。

「勿論そうだ」

「それはセリヌンティウス？」

「土地の者で暗殺者の候補となるような登場人物はセリヌンティウスしかいないだろう」

「それにしても王の圧政に憤って暗殺者になるっていうことは」

ミサキは考える。

「セリヌンティウスは長い間、王を倒す機会を狙っていたって事ですか？」

「そうだろうね。それぐらいの準備期間がなければ王城にも入れないだろう」

「王城に入る……。それはメロスの人質に呼ばれたからではなくてセリヌンティウスが自らの意志で王城に侵入したって事ですか？」

「そう。忍びこんだか突撃したか……。いずれにしろ自らの意志で王城に入ったんだ」

「セリヌンティウス一人の意志で？」

ミサキがなにやら作業をしながら訊く。

「革命組織は複数の人間で構成されていただろう。セリヌンティウスは刺客……実行犯だったのかもしれない」

「セリヌンティウスが刺客……」

「だから短剣を持っていた」

「あ」

ミサキが手元の作業を止めた。

「たしかにそうですね。メロスの行動がセリヌンティウスが見た夢だったら当然、短剣を持っていたのはメロスではなくてセリヌンティウスって事になりますね」

「ちょっと待ちたまえ」

たまらずに曽根原が口を挟む。

「作中ではメロスは山賊に襲われている。革命に山賊はそぐわない」

ミサキは頷くと答えを促すように宮田を見た。

「メロスを襲った山賊は実際には山賊ではなく王側の兵士でしょう」

「なに？」

「もちろん実際に襲われたのはメロスじゃなくてセリヌンティウスの方ですが」

「夢の中で兵士が山賊に変換されたという事ですか？」

「そうだ」

「君はセリヌンティウスの見た夢を夢判断したのかね？」

「というよりも太宰がそう描いたというべきでしょうね。セリヌンティウスが実際に体験した兵士との格闘が山賊との格闘となって夢に現れたと」

「太宰が作者ですもんね」

宮田が頷く。

「でも……」

ミサキがなおも考える。

「メロスを夢に見るという事はメロスはセリヌンティウスの知人なんですよね？」

「そうなるだろうね」

「どういう知人なんですか？」

「いまわの際に夢に見るくらいだから親しい友あるいは懐かしい友だったんだろうね」

「懐かしい友……」

ミサキは考えながらも曽根原にダイキリを提供する。

（頼んでいないのに……）

そう思ったが最早《もはや》それを言い立てることは諦めている。

「夢の中でメロスは村から町にやってきますよね」

『走れメロス』がセリヌンティウスの夢だったという前提で話すのはやめろ。そうも思ったがやはり口には出さない。

「もしかしたらその村に」

宮田はアブサンで喉を湿らす。

「元々はセリヌンティウスも住んでいたのかもしれない」

「セリヌンティウスも？」

「でなければ村に住んでいるメロスと町に住んでいるセリヌンティウスが知りあうはずもない」

断言はできないと曽根原は思ったが、またまた黙っていた。現在ならいざ知らず当時は行き来が不便だったことは確かだと思ったからだ。

「そして妹はセリヌンティウスの思い人だったのかもしれない」

「婚約者のいる人に横恋慕《よこれんぼ》？」

曽根原はミサキの言語感覚を意外に思った。〝思い人〟や〝横恋慕〟などという現在ではほぼ死語となった古い言葉を抵抗なく理解すると共に自然に使いこなしているとは。

（やはり夏目漱石や太宰治を読みこんでいるだけの事はある）

あらためて感心した。〝思い人〟は〝好きな人〟の事で〝横恋慕〟は〝既婚者や恋人のある人に他の者が思いを寄せること〟だ。

「横恋慕したわけじゃない。婚約者は自分のことだろう」

「セリヌンティウス自身が婚約者？」

「メロスは遠い村にいるのだから、その妹に婚約者がいるかどうかは簡単には判らないはずだ」

「ですね。メールはおろか電話もない時代の話ですもんね」

「手紙でさえあったかどうか。人間が行き来するのも、この話では足を使っているし」

「だったらセリヌンティウスにしたところでメロスの妹と婚約できないのではないかね？」

曽根原は宮田説の穴を突いた。

「たしかにそうですね」

宮田は曽根原の逆襲をあっさりと認めた。

「ということは婚約者ではなくただの〝思い人〟だったのかも」

「そんな勝手な」

「要は婚約者にしろ思い人にしろ村に住んでるのだから町に住んでいるセリヌンティウスは長い間、会っていないはずです。もちろんセリヌンティウスは村にいるメロスとも会っていません。メロスと会ったのは夢の中の出来事なんです。それはセリヌンティウスの願望が夢になって現れたものです」

「磔になったセリヌンティウスは最後に自分の願いを夢に見た……。話は繋がりますね」

「つまり遠い村にいる古い友人であるメロスは今回のセリヌンティウスによる王暗殺騒動の顛末を何も知らない。今まで通りの暮らしをしているに過ぎない。すべては磔になったセリヌンティウスが見た夢なんだよ。セリヌンティウスこそ王を狙った張本人で、それが失敗して……おそらく夢では山賊として現れた王の兵士たちによって捕らえられてしまったんだ」

「本当は襲ってくる兵士たちを倒したかった……その願望が夢に反映されたんですね」

「そういう事だ」

「ちょっと待ちたまえ」

曽根原は堪らずに割って入る。

「ミサキ君は先ほど『走れメロス』に関する数々の疑問を口にしていたはずだ」

そう言ってから曽根原はこの店に来てから初めてバーテンダーを名前で呼んだことに気がついた。

（まあいい）

少し気恥ずかしいが他に呼びようもない。

「しましたね」

「もし『走れメロス』が宮田君の言うようにセリヌンティウスが見た夢だとして、その数々の疑問と整合するのかね？」

曽根原が唱える〝物語の要請〟説なら簡単に整合する。

「どんな疑問？」

ミサキは宮田の質問に答えて先ほど曽根原に開陳した『走れメロス』に関して感じていた疑問を話した。

「なるほど」

宮田はつまみを頬張る。

「もっともな疑問だ」

「でしょ?」

ミサキが自分に対する時よりも少し親しげな調子なのが曽根原は気になった。

(私はミサキ君より遙かに年上なのだから、ある程度、礼節を弁《わきま》えた話しかたになるのも仕方ないが)

心の中でそう折りあいをつけると曽根原は宮田の言葉を待つ。〝たしかに僕の説だと、その疑問に答えることができない〟という答えを。

「まず最初の疑問。〝メロスはどうして初めから短剣を持っていたのか?〟」

「おかしいですよね。メロスは暗殺者じゃなくて単に妹の結婚式の洋服を買いに町まで来ただけなんですから」

「短剣を持っていたのが実はセリヌンティウスだったと考えれば疑問は氷解する」

「ですね。メロスが短剣を持っていたと思ったのは実はセリヌンティウスが見た夢で、実際に短剣を持っていたのはセリヌンティウスだったんですね」

最初の疑問は〝セリヌンティウスが見た夢〟で説明されてしまうのか。

「次の疑問。〝王様は、どうしてメロスをすぐに殺さなかったのか？〟」

臣下や親族まで無慈悲に殺してきた王が、王を殺そうと王城に侵入した犯罪者であるメロスをすぐに殺さずに話を聞いた。

「どうしてですか？」

「実はすぐに殺していた……のかもしれない」

「え？」

「よく崖やビルなどの高所から落下すると自分の人生が走馬燈《そうまとう》のように甦《よみがえ》るって言うだろ？」

「言いますけど……。ホントかしら？　死ぬ直前に人生を見たなんて死んだら証明できませんよね」

「なんらかの条件が重なって……たとえば落下途中の木に引っかかって一命を取り留めた人の証言かもしれない」

「あ、そうか」

「むしろ太宰はそのつもりで書いてるんじゃないかな？　メロス……これは実際にはセリヌンティウスのことだけど、セリヌンティウスは捕まってすぐに処刑されたけど死ぬ寸前に長い夢を見たと」

その自信はどこから来るのだ？

「王は自分の部下や身内まで殺戮《さつりく》の限りを尽くしてきたのだから、見ず知らずのセリヌンティウスなど瞬殺だろう」

そこから来ていたのか。

「ですね」

ミサキも納得する。流れが妙な方向に向かっていくのを曽根原は感じていた。

「やっぱりセリヌンティウスは処刑されていたんだよ。そして死ぬ寸前に夢を見たんだ。自分の思いが叶う夢を」

「自分の思い……。自分のことをメロスが助けてくれるという夢ですね」

「そして王が改心して町がよくなるという究極の夢を」

「あ」

曽根原は思わず声をあげていた。それを聞いて宮田がほくそ笑んだ気がして曽根原は咳払いをして誤魔化した。

「ラストの場面を思いだしてほしい。暴虐の限りを尽くしていた王がメロスとセリヌンティウスの友情と信頼に感激して二人に向かって《おまえらの仲間の一人にしてほしい》と頼むんだ。それを見ていた観衆も《王様万歳》と歓喜の声で迎える」

「変ですよね。それまで王は毎日、市民を殺していたんですから」

「最後の場面がセリヌンティウスの理想の世界だと考えれば納得がいく」

「王様は虐殺なんかしない。市民の友情に感激する優しい心の持ち主で市民たちもそんな王様を讃えている……」

「そういう社会が理想だった」

「セリヌンティウスは思い描いていた理想の社会を死ぬ直前に夢に見たんですね」

「そういう事だ。叶わぬ夢だったけど……」

なんとなく店の中がしんみりとした雰囲気になったように曽根原には感じられた。

「あたしの疑問もそれで説明できますね。メロスはどうして最初から短剣を持っていたのかの答えは〝短剣を持っていたのはセリヌンティウスだった〟だし第二の疑問……王はなぜメロスをすぐに殺さなかったのかは〝実はすぐに（セリヌンティウスを）殺していたけど死ぬ直前のわずかな間に夢を見た〟が答え」

「その通りだ」

「第三の疑問……疲労困憊しているはずのメロスが王城近くでセリヌンティウスの弟子と長い間、会話しているのは不自然……もセリヌンティウスの夢ならば説明できますし、第四の疑問……山賊は何のためにメロスを襲ったのかは〝（セリヌンティウスを）襲ったのは兵士で襲った理由はセリヌンティウスが暗殺者だったから〟ですね」

宮田は頷くと「そもそも」と話を続ける。

「そもそもメロスが半年後に予定されている妹の結婚式を明日にさせるなんて、現実ではありえないでしょう。相手の都合もあるんだから」

「たしかに」

「これはセリヌンティウスがあっという間に処刑されてしまったからじゃないですか？」

「そうか。だから急いだんですね。半年後なんて悠長なことを言ってられる状況じゃなかった。

だから夢の中でも急遽《きゅうきょ》、明日になった」

「そういう事だろう。加えてメロスがした約束も酷すぎる」

「約束？」

「セリヌンティウスを勝手に人質にした事ですよ」

曽根原は虚を衝かれた。

「これも相手の都合を聞いていません」

「考えてみれば、おかしいですよね。いくら友だちだからって勝手に自分の代わりに人質にしてくれって。セリヌンティウスは磔にされてしまうんですから。自分勝手もいいとこです」

「ああ。これは磔になったのはセリヌンティウス本人だから勝手に人質にできたんだよ。夢の中でね」

「すべてに辻褄《つじつま》が合っていきますね」

宮田がアブサンを飲みほす。

「もしかしたら小説というものはすべて作家が見た夢なのかもしれませんね」

太宰はそのことを言いたかったのだろうか。

「僕にとって最大の疑問は〝メロスは何のために城に入ったのか？〟というものだった」

「というと？」

曽根原が訊く。

「短剣を持っていた割には最初から戦いもしないで、いきなり三日の猶予を願いでています」

「妹の結婚式に出席するためですけど……戦わないのは変ですよね。戦うために行ったのに」

「その疑問が〝実はメロスは来ていなかったのではないか？〟という疑問に繋がって物語の真相が見えたんだ」

「メロスは来ていなかった……」

「メロスは王を倒す政治闘争とは無関係だというのかね？」

「そうです。そのことは冒頭で太宰が宣言しているじゃないですか」

「あ」

曽根原は思わず声をあげた。

——メロスには政治がわからぬ。

ミサキが頷く。

「走っていたのはメロスじゃない。セリヌンティウスなんですよ」

そう言うと宮田はカシスシャーベットを注文した。

第三話　宮沢賢治　～銀河鉄道の国から～

講演会の会場がこの近くにあるのがいけないのだと思いながら曽根原は〈スリーバレー〉のドアを開けた。

「いらっしゃい」

すぐにミサキの出迎える声が聞こえる。

(この声が気持ちいい)

いつしか曽根原はミサキという女性バーテンダーの声の虜《とりこ》になっている自分に気がついた。

(それにしても……)

店内の照明が今までいちばん暗いような気がする。

「今夜は星空をイメージして店内を少し暗くしています」

「そうなのか」

合点がいった。だが……。

「どうして星空を?」

まさか今日の私の講演内容が『銀河鉄道の夜』であることに因《ちな》んで……。『銀河鉄道の夜』は宮沢賢治が著した童話作品だ。短編作家の宮沢賢治の作品群の中で最も長い。

「今日は七夕ですから」

気の回しすぎだったか。

「曽根原先生。今日の講演は宮沢賢治でしたよね?」

「え?」

宮沢賢治は岩手県花巻《はなまき》市出身。

「このお店に来るときに駅にポスターが貼ってあったんです」

「ああ、それを見たのか」

「そうなんです。そのポスターに曽根原先生のお名前が書いてあったから嬉しくなっちゃって」

曽根原の心はミサキの笑顔と言葉で満たされ温かくなる。

(やはりこのバーテンダーは私が講演の帰りに寄ることを想定して、店内を星空のイメージにしようとしたのか)

そう考える事は、あながち見当外れとも言えまい。

(だとしたら嬉しいことだが)

若い美人の女性が自分のことを気にかけてくれていたのだから。

「何にしようかな」

曽根原がメニューに手を伸ばそうとしたときミサキが「〈やまとしずく〉はいかがですか?」と誘ってきた。

「それは?」

「飲みやすいけど、しっかりと旨みのある秋田の日本酒です」

「日本酒か」

「駄目ですか？」

「いや」

駄目というわけではない。この店ではカクテルしか飲んだ事がないから、いささか面食らっただけだ。

「もらおうか」

「ありがとうございます」

ミサキはさっそく背後の棚から〈やまとしずく〉の一升瓶を取りだして徳利《とっくり》に注ぐと猪口《ちょこ》と共に曽根原に差しだし酌をした。

「ありがとう」

曽根原は礼を言うと一口飲む。

「いいね」

ミサキがニコッと笑う。

(いつもの光景だ)

この雰囲気が好きで足が向かってしまうのかもしれない。

「あたし『銀河鉄道の夜』って大好きなんです」

ミサキの言葉は慎重に見極める必要があると曽根原は思っていた。客の好みに合わせて本心ではない受け答えをする場合があると思っているからだ。過去二回は曽根原が持ちこんだ夏目漱石と太宰治の話題に食いついてきた。

（そのどちらも実際にこのバーテンダーは読みこんでいたが……）

それゆえに三人目の作家まで読みこんでいるとは逆に考えにくい。人はそうそう文学作品を読みこんではいないものだ。それと……。

「『銀河鉄道の夜』が好きなのかね？　それとも宮沢賢治自体が好きなのかね？」

「どっちもです」

無難な答えだ。

「では宮沢賢治の中でいちばん好きな作品は？」

つい訊いてしまう。個人的なつきあいのない人間の嗜好《しこう》など訊いても仕方ないのだが。

「もちろん『銀河鉄道の夜』です」

どこが〝もちろん〟なのだ。『銀河鉄道の夜』はたしかによく知られた作品だが宮沢賢治には他にも『風の又三郎』『セロ弾きのゴーシュ』『注文の多い料理店』など有名作、人気作が目白押しではないか。だから〝もちろん〟はおかしい。好きな『銀河鉄道の夜』に肩入れしたいがための表現だろうが。

「と言っても一度しか読んだ事がないんですけど」

なんだ。

（やっぱりその程度か）

曽根原はいささか気落ちした。一度だけでも構わないが、それならそれで〝大好き〟などと大袈裟な表現は避けてもらいたかった。

（そうとう読みこんでいるのではないかと期待してしまったではないか）

せめて〝好き〟程度に抑えてもらいたかった……。余計な事を考えながらも曽根原は「どんなところが好きなんだね？」とミサキに尋ねた。ときおり鋭い感性を見せるミサキだから興味を引かれたのだ。

『銀河鉄道の夜』に関しては幻想的、そこはかとない寂寥《せきりょう》感、個性的で魅惑的な造語群など独特の雰囲気に惹かれる読者は多い。

ストーリーを一言で言えば〝ジョバンニ少年が銀河鉄道に乗って旅をする物語〟となるだろう。

主な登場人物はジョバンニの他には友だちのカムパネルラとザネリがいる。

ある夜にジョバンニが星空を見上げていると銀河ステーションというアナウンスが聞こえてきた。気がつくとジョバンニはカムパネルラと一緒に銀河鉄道に乗っている。

二人は銀河鉄道で旅をする。

ところが……。

草むらで目を覚ましたジョバンニは銀河鉄道の旅は夢だったと知る。

ジョバンニが草むらから町に戻ると、カムパネルラが川に落ちたザネリを助けようとして消息不明になっていた……。

曽根原は『銀河鉄道の夜』の粗筋を頭の中で反芻《はんすう》した。

「どんなところが好きか……」

ミサキは曽根原の質問を繰り返してから「謎に満ちているところです」と答えた。

「なに?」

虚を衝かれた。

「謎に満ちている?」

「はい」

ミサキは嬉しそうに笑みを浮かべた。たしかに『銀河鉄道の夜』には謎と認識してもおかしくない部分は存在する。だが好きな理由が謎が多いからとは……。

(バーテンダー自身の感性が謎だ)

そう思った。そして「どんな謎だね?」と思わず訊いていた。

「カムパネルラのモデルは誰かとか、いろいろあるんですけど」

文学作品の登場人物のモデルは誰かというモデル探しは、たびたび起こる現象だ。

「でも最大の謎は」

「最大の謎は?」

「星の描写がないんです」

「え?」

「タイトルが『銀河鉄道の夜』なのに星の描写が一切ないんですよ」

「本当に?」

曽根原は確かめるように訊いた。

「たしかに鉄道に乗る前には星の描写があるんですけど、いざ銀河鉄道に乗って宇宙に旅立ってからは一切ないんです」

「いいところに気がついた」

一度しか読んだ事がないのに良く記憶している。

「どうしてなんですか?」

このバーテンダーの姿勢に曽根原は満足した。まず着眼点がいい上に、疑問を解くために専門家の意見を仰ぐ姿勢が良い。この日本最高峰の文学研究者である曽根原なら当然、その疑問に最初から気づいていて答えを教えてくれる、そう信頼しきっている姿勢がとても良い。そして、その信頼通り曽根原は答えを知っている。

「ジョバンニが行ったのは宇宙ではなかったからだ」

「宇宙ではない?」

「そうだ。だから星の描写がない」

「宇宙ですよね」

「何故そう思う?」

「だって銀河ステーションですよ?」

ミサキの顔は何故か笑いだしそうに見える。〝こんな自明のことにどうして反対するんですか?〟とでも言いたげに。

「ジョバンニとカムパネルラは銀河鉄道に乗って銀河ステーションから旅を始めます。銀河って宇宙のことですよね？」

「勿論そうだ。だがジョバンニにとっては宇宙ではなかった」

「でも天の川も出てきますよ」

「君は天の川の正体を知っているかね？」

「もちろん知ってます。星の集団ですよね」

ミサキはすぐに答えた。

たしかにその通りで、銀河系内の無数の星が天に沿って帯状に見える様を川に見立てて〝天の川〟と呼んだ。英語ではミルクの道に見立ててミルキィウェイと言う。

「今日はちょうど七夕ですから織姫と彦星が一年に一度だけ天の川を渡って逢うことができる日です」

中国発祥の伝承だ。天の川を挟んで向かいあう位置に輝く〈わし座〉のアルタイルと〈こと座〉のベガを中国の神話伝説の中に登場する男女一対の神である牽牛《けんぎゅう》と織女《しょくじょ》に見立てた。

「まさに今日は『銀河鉄道の夜』を語るのに、もってこいの日ですよね。七夕も『銀河鉄道の夜』も宇宙を舞台にした物語なんですから」

「たしかに『銀河鉄道の夜』に天の川が出てくる」

「はい。そして天の川は本当の川ではなくて星の集まりです」

「だが水が流れている」

「え？」

「『銀河鉄道の夜』の中の天の川は星の集まりではなく、ちゃんと水が流れているのだ」

「ちょっと待ってください」

ミサキが店の奥に移動した。カウンターの端に前回来たときにはなかった幅十センチ、奥行き十五センチ、高さ二十センチほどの分厚い木製のブックエンドが二つ置かれていた。二つのブックエンドに三冊の本が挟まれて立っている。二冊は『こころ』と『走れメロス』のようだ。残りの一冊をミサキは手にした。

「新潮文庫の『銀河鉄道の夜』です」

いつの間に……。

（もしかしたら今日の私の講演内容を知ってわざわざ買ってきたのだろうか？）

客あしらいのうまいこのバーテンダーなら、それぐらいやってもおかしくないと曽根原は踏んだ。

「読み返そうと思ってまた買ったんです」

本当だろうか。

「平成八年に出た十九刷りです。大正に書かれた本が平成にも新しい版が出るって凄いと思いません？」

それは思うが……。

「調べてみますね」

そう言うとミサキはページをパラパラとめくる。

「一七五ページにこう書いてあります」

——天の川の水や、三角点の青じろい微光の中を、
ミサキは一節を読みあげる。

「たしかに『銀河鉄道の夜』に出てくる天の川には水が流れていますね」

それを調べていたのか。

「だとしたら」

ミサキが本を閉じる。

「ジョバンニが行ったのは宇宙ではない……」

「そうだ」

「では、どこですか？」

「死後の世界だ」

曽根原は素早く鞄の中から『銀河鉄道の夜』の文庫本を取りだし付箋《ふせん》が貼ってある該当ページを開いてページ数を確認した。

「一九四ページを見てみたまえ」

付箋が貼ってあるページに何が書かれているかは記憶している。

「あ」

ミサキが声をあげる。

「たしかに死後の世界ですね」

そう言うと該当箇所を読みあげた。


——わたしたちは天へ行くのです。

——わたくしたちは神さまに召されているのです。


ミサキは「これは銀河鉄道の乗客の言葉です」と呟くように言う。曽根原は満足げに頷く。

「神さまに召されて天へ行く。どう考えても天国ですね」

「その通りだ。加えてこの物語ではカムパネルラが死んでいる」

ミサキが該当ページを探しだす。

「ここですね。二二〇ページから二二一ページにかけて。カムパネルラが川に落ちて四十五分経っても見つからない……。死んだ事を示唆《しさ》しています」

そう言うとミサキは文庫本をカウンターの内側に置いた。

(本を置く場所でも用意しているのだろうか？　客の来ないときに読むように)

読書家のミサキの事だからそれもあるかもしれないと思いながら曽根原は話を続ける。

「つまりジョバンニは自分が行った銀河鉄道の旅が夢だったと気づいた後でカムパネルラの死

を知らされる」

「ジョバンニと一緒に銀河鉄道の旅に行ったカムパネルラは実はすでに死んでいたのですから銀河鉄道の世界は宇宙ではなく死後の世界という事ですね」

「そういう事だ」

「そう考えると銀河鉄道の世界に星の描写がない謎が見事に説明されますね」

「そうだろう？」

曽根原は自然と笑顔になる。

「あたし、てっきり銀河鉄道の世界は宇宙だと思っていました。〈白鳥座〉を暗示するような白鳥の停車場が出てきたり〈わし座〉を暗示するような鷲の停車場が出てきますから」

「もしかしたら賢治のイメージする死後の世界と宇宙は同じ場所にあるのかもしれないね」

「え？」

「だから死後の世界には宇宙を暗示するような事象が多く存在する」

「気を遣っていただいてありがとうございます」

「気を遣ったわけではない。実際にそう思っているし天国が天にあると思うのは普通の発想だろう。だからこそ天国と言うのだろうし」

「なるほどね〜」

ミサキが大きな声を出した。そのいささか不躾《ぶしつけ》な反応に曽根原は面食らった。

（何が〝なるほど〟なのだろう？）

そうも思った。おそらく〝天にあるから天国〟の部分だろうが大袈裟すぎる。

（テキトーな相槌《あいづち》を打ちながら次の展開を考えているのではないか？）

そうも勘繰った。

「でも」

やはり次の展開を考えていたのか？

「だとしたらモデルはいないのかしら？」

「モデル？」

「カムパネルラのモデルです。作中でカムパネルラは死んでしまいます。もしモデルがいたのなら、そのモデルとなった人も死んでいなければいけませんよね？」

いけませんという事もない。たとえモデルがいたとしても、それを作中に忠実に再現しなければならないという決まりはない。史実を忠実に再現している事を標榜《ひょうぼう》する歴史小説などの類なら別だが、そうでない小説の場合は、むしろ作家は作品の質を高めるためにモデルを自在に変化させて作品のために奉仕させようとするだろう。

だがミサキの考えも判る。賢治作品のモデル探しは盛んに行われている。『雨ニモマケズ』にもモデルとなった人物がいると言われているし『注文の多い料理店』にもモデルとなった店があると言われている。

そして『銀河鉄道の夜』にも……。

「死んだ人間がいる」

「え？」

「賢治の周りに死んだ人間がいるんだ」

「誰ですか？」

「トシ……賢治の妹だ」

「じゃあその妹さんが」

「カムパネルラのモデルだ」

曽根原は断言した。

「賢治は五人兄弟だがその中でも病弱だったトシのことを思う気持ちは強かった」

「トシは病弱だったんですか」

「そうだ。トシは結核で病床についた。そのときに賢治は東京から花巻へ駆けつけている」

「妹思いだったんですね」

「トシも賢治を慕《した》っていた。賢治の歌稿を筆写したり作品に関して感想を告げたりしている」

「そのトシが亡くなったんですね？」

「そうだ。そして、そのことが『銀河鉄道の夜』を書く動機になっていると私は思う」

「どうしてですか？」

「トシが死んだときに賢治はセンチメンタル・ジャーニーに出かけているからだ」

「センチメンタル……？」

「センチメンタル・ジャーニーすなわち感傷旅行だ」

「失恋の傷を癒すために女性が一人旅に出るみたいな？」

「そんな感じだ」

勘が良いのは相変わらずだ、と曽根原は感心した。

「最近の若い人はセンチメンタル・ジャーニーを知らないのも無理はないか」

「え？」

「私ぐらいの年代の者はセンチメンタル・ジャーニーといえばピンと来る」

「何なんですか？」

「一九四六年に公開されたアメリカ映画のタイトルだよ」

「それが『センチメンタル・ジャーニー』なんですか」

「そうだ。ウォルター・ラング監督。ジョン・ペインとモーリン・オハラが出演した」

曽根原は頭の中でモーリン・オハラとジョン・ウェインが共演した、いくつかの西部劇を思い浮かべた。

「元々はドリス・デイの大ヒット曲だが」

そう呟く曽根原に相槌を打ちながらミサキがつまみを差しだした。

「もろきゅうです」

何か言いたかったが自分でも何を言いたいのか判らずに曽根原は出されたもろきゅうに手を伸ばす。キュウリに味噌をつけただけだが〝うまい〟と感じた。

「最愛の妹さんが亡くなって感傷旅行に出かけた実体験が『銀河鉄道の夜』の創作動機に繋が

った。だから主人公であるジョバンニは、仲良しだったカムパネルラが死ぬと二人で一緒に死後の世界に旅をした……。つまり主人公のジョバンニは賢治でカムパネルラは賢治の妹のトシ……。そう仰《おつしや》りたいんですね？」

「その通りだ」

「そこまでは判りました。でも、どうして鉄道なんでしょう？」

「どういう意味だね？」

「死後の世界を旅するのなら日本人の発想としてまず賽《さい》の河原が頭に浮かぶと思うんです」

「〝まず〟かどうかは人それぞれだろうが……。それが日本人の一般的なイメージであることは否定できない。まして賢治の時代なら」

「ですよね。それに死後の世界と宇宙は同じ場所にあるのかもしれないと曽根原先生は仰いました」

「言ったね」

「死後の世界が天にあるのなら行くとしたら鉄道じゃなくて飛行機だと思うんです」

「言われてみれば、それが自然だ」

「それなのに賢治は天空を旅する乗り物に鉄道を選んだ。もう天才的な発想だと思うんです」

「それゆえ賢治は支持されている」

「ですよね。賢治は、どうしてこんな天才的な発想ができたんですか？」

このバーテンダーの姿勢や良し。曽根原は再びそう思った。

「教えてください」

「自分のセンチメンタル・ジャーニーが鉄道だったからだ」

ミサキはキョトンとした顔をして小首を傾げた。

（無知だが、それが気にならないほどその仕草が可愛い。いや気にならないどころか補って余りある）

いつの間にか曽根原はミサキをそのような目で見ていた。

「鉄道は賢治にとって妹さんの思い出と密接に結びついているんですね」

「ああ」

「だからこそ妹さんがモデルであるカムパネルラの死を描いた『銀河鉄道の夜』は鉄道でなければならなかった」

曽根原は深く頷いた。

（こんなに素直に理解されたのは久しぶりだ）

ミサキの〝良い生徒〟振りに曽根原は満足した。

「すごいです」

ミサキが目を輝かせて曽根原を見る。曽根原は陶酔する。

「お代わりはいかがですか」

そう言いながらミサキが後ろを向いて〈やまとしずく〉の一升瓶に手を伸ばしたときドアが開いた。曽根原は振りむいた。宮田が入ってきた。曽根原はほくそ笑む。

（今夜はさすがに、この男の出番はあるまい）

宮田は曽根原の手前のスツールに坐った。

「『銀河鉄道の夜』の話をしていたんですか？」

宮田は坐ると、いきなり切りこんできた。

「すごい。どうして判ったんですか？」

「いま君が〈やまとしずく〉に手を伸ばしただろ？」

「はい」

そう返事をしながらミサキは〈やまとしずく〉を徳利に注いで曽根原に渡した。

「その酒の原料米に使われている陸羽《りくう》一三二号は宮沢賢治が育成推奨《すいしょう》した米のはずだ」

「そうですね」

「君の事だから、そのことを踏まえて、その酒を選んだのかと思ってね」

「お見事です」

当たったのか。

「つまみのもろきゅうも宮沢賢治の『雨ニモマケズ』の一節《味噌ト少シノ野菜ヲタベ》からの連想だろう」

曽根原は手元のもろきゅうを見た。たしかに〝味噌ト少シノ野菜〟だ。

（偶然だろうが）

曽根原は残っていたもろきゅうを食べた。

「当たりです」

なに？

（ミサキ君はそのつもりで酒とつまみを選んだのか）

そんな気遣いも悪い気はしないが……。

「宮田さんも〈やまとしずく〉になさいますか？」

「ドライマティーニを」

嫌みな男だ。

「ステアじゃなく、シェイクで」

「伺ってます」

本来のバーテンダーに宮田の好みを聞いていたということか。ミサキが手際よくドライマティーニを提供すると宮田は「宮沢賢治は生きている間は不遇の作家だった」と本題に戻した。

「そうなんですか？」

「ああ。膨大な数の童話を書いてはいるけれど出版社からは相手にされなかった。『注文の多い料理店』を自費出版したけど一冊も売れなかったんだ」

「注文が少なかったんですね」

ミサキが微妙にうまい事を言うと宮田が「また君が『銀河鉄道の夜』に関する疑問を呈したのかな？」と話を続けた。

「その通りです」

誰でも判る。

「その疑問を曽根原先生がすべて解決してくれたんです」

ミサキは宮田に曽根原の見解を事細かに説明した。あたかも自分の手柄のように。その様子を見て曽根原は満足感を覚える。

「どうですか？　宮田さん」

ミサキは自分の自慢のように宮田に訊く。曽根原は知らない顔をして猪口の〈やまとしずく〉を飲みほす。

「すばらしい」

宮田は素直に賞賛した。

「まったくその通りだと思います」

曽根原は宮田を見直した。

（人の意見を認める事ができるとは）

曽根原は徳利から猪口に酒を継ぎたす。

「曽根原さんも畑山《はたやま》説を支持するんですね」

「なに？」

「カムパネルラが賢治の妹だと看破した畑山さんの説です」

「当然だ」

畑山博《ひろし》は小説家にして宮沢賢治研究の第一人者として著名である。

「その説で間違いないのだからな」

そう認めたが機嫌は悪くなった。自分の手柄ではなく畑山博の手柄のようになっている。

（おもしろくない。引きあげるとするか）

そう思ったとき新しいつまみが置かれた。牛タンの鉄板焼きである。

（いつの間に焼いたのだ？）

話と思索に耽っていて気づかなかった自分の迂闊《うかつ》さを呪ったとき腹が鳴った。

（二人に気づかれなかっただろうか？）

少し心配になる。曽根原はさりげなくミサキと宮田に目を遣《や》るが気づかれてはいないようだ。

（よかった）

腹が減っている事は確かだ。曽根原は帰らずに素直に牛タンの鉄板焼きをいただく事にする。

『銀河鉄道の夜』は賢治と妹の物語……。宮田さんも同じ考えなんですか？」

「ああ。ただ『銀河鉄道の夜』には、もう一つの側面もある」

「もう一つの側面？」

「ええ。賢治と妹の物語以外のもう一つの側面です」

「何だね？　それは」

「賢治と賢治の父との物語です」

「はて。『銀河鉄道の夜』は妹への追慕《ついぼ》だよ。いったいどこに父親の影があるのかね？」

ミサキがまっすぐに宮田を見つめる。

「ジョバンニのモデルは賢治自身でいいですね？」

「異存はない」

「作中にジョバンニの父親が出てきます」

宮田はグラスを口に運ぶ。

「出てこないよ」

曽根原が言った。

「出てきたような気がしますけど……。出てきませんでしたっけ？」

ミサキが『銀河鉄道の夜』を手にとってパラパラとめくり始める。

「たしかに父親の話題は出てくるが話題だけだ。登場人物として出てくるわけじゃない」

「ああ、そうだったんですね」

「ゆえに『銀河鉄道の夜』が賢治と父との物語という側面を持つなどありえない」

その言葉を受けてミサキは視線を宮田に移す。

「物語の中に父親の話題が出るだけで充分です」

宮田は動じない。

「負け惜しみはやめなさい」

少し気分を害して強い口調になった。

「話題が出るだけ……。作品のテーマがそんな噂話のレベルで充分なわけがないだろう」

「実際の賢治と父親の関係を考えればそれで充分だと言うんです」

「どんな関係だったんですか？　実際の賢治と父親の関係は？」

ミサキはさりげなく宮田にも牛タンの鉄板焼きを差しだしながら尋ねる。

（この辺は商売がうまい）

曽根原は素直に感心した。

（もしかしたらこのバーテンダーは客の話題に興味がある振りをしながら実は常に商売のことを考えているのではないか？）

そんな疑問が頭を掠《かす》めた。

（まさかな）

ミサキの口振りからは心底『銀河鉄道の夜』に興味があるようにしか思えない。

「反目し合っていた」

宮田が答えるとミサキは曽根原を見た。

（宮田の説明で合っているかどうか私に答え合わせを期待しているのだろう）

そう判断した曽根原は「その通りだ」と正解を示した。

「そうだったんですか」

素直に感心できるところがこのバーテンダーのいいところだと曽根原は思った。同じ無知でも宮田の知ったかぶりよりは遙かにいい。そう思いながら宮沢賢治の半生を父親の事も含めて頭の中で反芻した。

宮沢賢治は一八九六年（明治二十九年）、岩手県花巻市に生まれた。家業は質店。富豪と呼ばれるほどの裕福な家庭だった。

一九一五年（大正四年）には盛岡《もりおか》高等農林学校（現在の岩手大学農学部）に首席入学。

一九二〇年（大正九年）、二十四歳のときに賢治は法華信仰の団体に入会。熱心な浄土真宗の信者だった父親に改宗を迫り何度も激しい言い争いをしている。翌年には親に無断で上京して東京に居を構えるが妹のトシが病気になったとの報を受けて帰郷。

一九二二年（大正十一年）トシが死去。

一九三三年（昭和八年）に賢治も病を得て死去。三十七歳だった。


曽根原がそれらの事を簡潔にミサキに伝えるとミサキは「賢治は法華信仰の団体に入ったんですね」と感想を漏らした。

「そのことが原因で親子関係が破綻していったのかしら？」

「逆だろう」

宮田が答える。

「逆？」

「もともと親子関係は悪かった。だから賢治は父親が信仰していた浄土真宗のライバルと言える日蓮宗系に入信したんだ」

ミサキが正解を求めるように曽根原を見る。

「その説明で間違いないだろう。賢治は貧しい農民から厳しく借金の取り立てをする家業への嫌悪が募って父親に何度も転職を勧めている」

「まあ」

ミサキが声をあげる。

「『銀河鉄道の夜』はその賢治と父親の関係を表しているんだ」

「何を馬鹿な」

曽根原は首を左右に振る。

「『銀河鉄道の夜』は妹のことを書いたんだ。賢治にとって妹は特別な存在だった。家族なんだからな」

「勿論そうでしょう。でも父親だって家族です」

宮田の言葉に曽根原は咄嗟《とっさ》に反論できなかった。

「でも反目し合ってたんでしょ?」

代わりにミサキが反論した。

「家族だからこそだ」

宮田は動じない。

「関係が深いからこそ憎しみも生まれる。通りすがりの人間と反目し合うことはない」

「そりゃそうでしょうけど」

「賢治にとって妹も特別な存在だったけれど父親だって特別な存在だった」

「それは判るが」

曽根原が口を挟む。

「だからといって賢治が自分の作品の中に父親との関係を潜ませていたとは限らない。いやそんな事があるはずがない」

「評伝なら判りますよね」

ミサキが口を挟む。

「宮田さんが仰りたい事ってもしかしたら宮沢賢治の評伝の中に書かれてるんじゃないですか?」

「いや。評伝には書かれていない真実が作品の中に表れているんだ。『銀河鉄道の夜』だけじゃない。いろいろな作品の中に常に父親が存在する」

「そんな馬鹿な事があるわけないだろう」

曽根原は宮田の言葉を一笑に付した。

「いったい今まで宮沢賢治に関してどれくらいの評伝が書かれていると思うのかね?」

「数え切れないぐらいでしょうね」

「それらの研究者が素通りしてきた親子の問題があるとでも言うのかね?」

「はい」

「馬鹿馬鹿しい」

曽根原は首を横に振る。

「賢治と父親の関係について多くの評伝が詳細に紹介しているよ」

「もちろん読んでいます」

「だったら」

「曽根原さんの本で読んだんです」

曽根原の眉がピクリと動いた。

「お礼を言うべきかな」

「読みたくて読んだのですから礼など要りません」

無愛想な男だと曽根原は思った。

「曽根原先生も書いてらしたんですね」

ミサキが口を挟む。

「賢治も研究対象のひとつだ」

「でしたら宮田さんの出番はないのでは？」

いいぞ。曽根原はほくそ笑む。

(このバーテンダーは真実の味方だ。こちらに理がある限り厭《いや》な思いをしなくて済む)

それだけの信頼を曽根原はミサキに寄せていた。

「そんな事はない」

だが宮田は怯《ひる》まない。

「たしかに曽根原先生の著作はたいへん参考になりました」

「そうだろう」

曽根原にはそれだけの自負があった。

「他のかたの著作も、みなそれぞれおもしろく参考になりました」

「だったら異論を差し挟む余地はないだろう」

「でも賢治が父親との関係を作品に隠していることに言及している評論は僕が知る限りありません」

「賢治は父親との関係を作品の中に隠してないからだろう。あるいは君はよっぽど目立たないところを取りあげて、こじつけているだけなんじゃないかね？」

「とんでもない」

宮田はドライマティーニを飲む。

「いちばん目立っている記述ですよ」

「どこだ？」

「イーハトーブです」

「あ、イーハトーブって聞いた事があります」

『銀河鉄道の夜』には出てこないが他の様々な賢治作品において言及されている言葉だ。

「賢治が創作した地名ですよね？」

「そうだ」

曽根原が答える。

イーハトーブとは賢治による造語で賢治の心象世界にある理想郷と説明されている。賢治自身はその語源を説明してはいないが岩手を指すという見解が定説となっている。表記は作品によってイーハトーブのほかにイーハトブ、イーハトーボ、イーハトーヴォと変化している。

「賢治はイーハトーブの他にもモリーオ、センダード、ハーナムキヤ、トキーオといった仮想の土地を創りだしている。これらの土地にはモデルがある。もちろんイーハトーブは賢治の故郷、岩手のことだ」

その解説にミサキは「そうなんですか？」と目を丸くして尋ねる。

「そうなのだ。モリーオ、センダード、ハーナムキヤという地名群から何かを連想しないかね？」

「モリーオ、センダード、ハーナムキヤ……」

ミサキは曽根原の言葉を繰り返す。

「なんとなく東北の地名のような気がしますけど」

「その通りだ。モリーオが盛岡、センダードが仙台、ハーナムキヤが花巻を表している。となるとイーハトーブは岩手だ」

「岩手は旧仮名遣いだとイハテと表記しますからイハテ≒イーハトーブ……言われてみればその通りですね。すごい」

ミサキは何に対して〝すごい〟と言ったのだろう？　賢治の想像力、創作力に対してか、それとも私の洞察力に対してか……曽根原の脳裏にそんな疑問が浮かんだ。

「賢治が創造した土地の頭文字が実際の土地の頭文字と一致していることも有力な補強材料となる」

曽根原は自分の脳裏に浮かんだ疑問はやり過ごして話を進めた。

「モリーオ＝盛岡、イーハトーブ＝岩手、センダード＝仙台、ハーナムキヤ＝花巻。ホントだ」

ミサキは素直に感心している。

「トキーオ＝東京」

曽根原は駄目押しをすると宮田に顔を向けた。

「君はイーハトーブの記述の中に賢治と父親との関係が隠れていると言ったが」

曽根原は〈やまとしずく〉を一口飲む。

「イーハトーブがどう賢治の父親と関連するんだね？」

荒唐無稽で根拠などないと思われる宮田の話など無視してもいいのだが礼儀として曽根原は尋ねた。

（それに、この美人バーテンダーの前でこの男の妄想が打ち砕かれる様子を見せるのも一興だ）

そうも思った。

「イーハトーブは賢治を表しているんです」

「は？」

一瞬、宮田が何を言っているのか曽根原は理解できなかった。

「イーハトーブが」

「賢治自身です」

曽根原は噴きだした。

「失礼」

曽根原はポケットからハンカチを出して口の辺りを拭《ぬぐ》った。

「だが君があまりにも突拍子もない事を言いだすものだからね」

「たしかに突拍子もないと思えるかもしれません。今まで誰も唱えたことのない説ですからね」

「すなわち珍説だ」

「珍しい説という意味では、たしかに珍説ですね。でも正しい説です」

「宮田さんのその自信はどこから来るの？」

そうだ。その通りだ。曽根原はほくそ笑む。ミサキが曽根原の思った事をそのまま口に出してくれた。

（以心伝心とはこの事か）

曽根原はミサキと自分が心で繫がっているような気がして思わず日本酒のお代わりを頼んだ。ミサキはそれを予期していたかのように曽根原が注文するコンマ一秒ほど早く〈やまとしずく〉の一升瓶に手を伸ばしていた……ように見えた。

（まさか心が繫がっているように思わせるバーテンダーとしての手練手管《てれんてくだ》か？）

周到な曽根原はその可能性にも思い至った。

（まさかな。こんな美人が）

曽根原はミサキに対する疑惑を無理やり払拭した。

「自信も何も」

ミサキの質問に答えるつもりか？

「手がかりを検証して論理的に推論したのだから正解に至っていると考えるのが当たり前だろう」

「本当に論理的に推論したのなら、ですけど」

今日のミサキは、どこか宮田に挑戦的に思える。曽根原は意を強くして「手がかりとは？」と宮田を潰しに掛かった。壁の隅に追いつめた鼠にトドメを刺すような心境だ。

「『虔十公園林』です」

「それは？」

ミサキが訊く。

「賢治の童話作品の一つだ」

「どんなお話なんですか？」

「少しボンヤリしているために周りから馬鹿にされている虔十《けんじゅう》という少年が杉の木を植える話」

「木を植える人……」

「周りの人間は虔十のことも虔十が植えた杉も無用だと馬鹿にしているんだ」

「虔十がかわいそうだわ」

「だけど二十年以上経って杉が生長すると、その杉がみんなの立派な憩いの場になって虔十の本当の賢さに気づく。そういう話だ」

「虔十の行為が報われてホッとしましたけど」

「この虔十は賢治自身のことだ」

「え？」

「賢治は語感の類似から別の言葉を作ることを好んだ。盛岡をモリーオにして仙台をセンダードにしたり」

「そのやりかたを当て嵌《は》めてみると……賢治≒虔十。たしかに虔十は賢治の事みたいですね」

チラリとミサキの視線を感じたので曽根原は小さく頷いた。

「だとしたら杉は？　虔十が植えたってことは賢治が植えたって事ですよね。賢治は農学部出身ですから実生活でも賢治は杉を植えてたんですか？」

「賢治が杉を植えたという記録は残ってないね」

「記録に残ってないだけで実際には植えたのかしら？」

「謎を解く鍵は虔十も、そして虔十が植えた杉も周りの者から馬鹿にされたという点だ」

「馬鹿にされた……」

「賢治は実生活で馬鹿にされた体験を童話に書き写したんだ」

「賢治の実生活で馬鹿にされたものと言えば……」

「童話だ」

「え？」

「〝賢治が書いた〟を〝虔十が植えた〟に置き換えている。つまり虔十によって植えられた杉は賢治によって書かれた童話なんだ」

「でも」

ミサキが右手の人差し指を顎に当てた。

「虔十が植えた杉は馬鹿にされましたけど賢治の童話はみんなに愛されてますよね」

「最初は馬鹿にされていた。少なくとも賢治が生きている間は」

ミサキは曽根原を見た。曽根原は頷いた。

「そんな……」

「当時の童話文壇の中枢だった〈赤い鳥〉に送った童話を主催者の鈴木三重吉《すずきみえきち》から《あんな原稿はロシアにでも持っていくんだなあ》という屈辱的な言葉と共に返されている」

「まあ」

「父親からも〝唐人の寝言のようなモノを書いて金になると思うのか〟と創作した童話を罵《ののし》られている」

「ホントに馬鹿にされていたんですね」

「そうだ」

「心を込めて一生懸命に書いたものを、そんなふうに罵られたら悲しいでしょうね」

「だから賢治は『虔十公園林』を書いた」

店の中に一瞬、静寂が訪れた。

「賢治は自分が童話を書いて馬鹿にされたことを、虔十が杉を植えて馬鹿にされたことに置き換えて書いたんだ」

宮田が静寂を破る。

「そうなんですね。でも杉はやがて大きく育って人々の憩いの場となります。賢治の童話が人人の心を潤したように」

「その通りだ」

「賢治はそれを言いたかったんですね」

「だけど賢治は自分の童話が広く読まれるようになったことを知らない。賢治の童話が広く知られるようになったのは賢治の死後だから」

「教えてあげたい」

ミサキが呟いた。

「いま宮沢賢治の作品が大勢の人に、こんなにも愛されていることを賢治に教えてあげたい」

宮田と曽根原が同時に頷いた。

「それは叶わぬ夢だけど」

宮田はグラスを手に取る。

「賢治の気持ちは痛いほど判る」

この男も賢治のように〝父親から認められたい〟という欲求があるのだろうかと曽根原はふと思った。

「『虔十公園林』のラスト近くに、こういう言葉がある」

――ああ全くたれがかしこくたれが賢くないかはわかりません。

宮田は暗唱した。

「いつも父親に馬鹿にされていた自分だけど本当に価値があるのは自分の方なんだという父親に対する賢治の気持ちが表れていると思わないか?」

「思います。そして実際にそうだった」

宮田が頷く。

「だがそれが?」

曽根原は反撃に転じた。

「君は鬼の首でも取ったかのように賢治と父親が反目し合っていたことを暴きたてたが、そのことは、とっくに明らかになっている。研究者たちも指摘しているのだ」

「そうなんですか?」

「当然だ」

ミサキが〝なあんだ〟という顔をする。

「それに賢治と父親との不仲が先ほど君が言った〝イーハトーブ=賢治自身〟説とどう繋がるのだ?」

宣言しているんだ」
「イーハトーブは賢治自身が理想郷と設定している。つまり賢治は自分こそが理想の存在だと

曽根原が口が裂けても言えない言葉をミサキがサラリと言った。

「教えてください」

むかつく。

「判りませんか？」

「馬鹿な」

吐き捨てるように言う。

「君は『雨ニモマケズ』を知らないのか？」

「もちろん知ってます。もしかしたら『銀河鉄道の夜』よりも有名かもしれませんよね」

「たしかに……」

ミサキが同調する。

「その詩を読めば判るように賢治は控えめな人間だ」

「ですよね」

このバーテンダーはいったいどっちの味方なんだ？

（そういえば真実の味方だったな）

曽根原は思いだした。

「『雨ニモマケズ』の中には次のような一節がある」

曽根原は暗唱する。

――慾ハナク　決シテ瞋ラズ
――アラユルコトヲ　ジブンヲカンジョウニ入レズニ

ミサキが聞き入っている。

「賢治は〝そういう人間に私はなりたい〟と締めくくっている」

「どう考えても控えめな人間ですね」

ミサキが曽根原の援護射撃をする。

「〝そういう控えめな人間に私はなりたい〟ってことはそれを書いた時点では控えめな人間ではないってことになる」

「あ」

「自慢や主張を直接は書いていないけど、そんな無粋な事はせずにすべて暗に示している」

「すべて暗喩《あんゆ》なんですかね。〝賢治は優れている〟とは書かずに〝虔十は優れている〟と書いて匂わせている」

「いわば暗号だ」

「イーハトーブも暗号なんですか？」

「それも二重のね」

「一般的な解釈は〝イーハトーブ＝岩手〟ですよね」

「それが表の暗号」

「裏の暗号が〝イーハトーブ＝岩手＝賢治〟ですか」

「その通り」

「その証明を訊いているのだよ」

たまらずに曽根原は口を挟む。

「賢治と父親の反目関係が明らかになっているのなら後は簡単です」

「どう簡単なのかね？」

「父親が浄土真宗だったから自分は法華宗に傾倒した」

「対立はそこから始まっている。それは認めよう」

「賢治は表面上はいつも自分を卑下していました」

「たとえば？」

具体的な例がなければ証明にはならない。

「賢治が控えめな性格である事の証明に使われた『雨ニモマケズ』の中で賢治は自分をデクノボーと規定しています」

宮田は一節を暗唱する。

――ミンナニデクノボートヨバレ

曽根原は「だから控えめなのだ」と応じる。

「それだけでしょうか？」

「と言うと？」

「デクノボーという言葉にも父親が強く意識されています」

「デクノボーに？」

「ええ。立派な父親に対して自分はデクノボーというわけです」

「なるほど」

その点に関しては曽根原は納得した。

「賢治は常に父親ありきなんです」

「アンチ巨人みたいなものかしら？」

死語と化していた〝アンチ巨人〟という言葉を久々に聞いたと曽根原は思った。曽根原は熱烈な巨人ファンだった。かつてはプロ野球球団の中で巨人が圧倒的な人気を誇っていた。当時の子供たちに人気のあるものとして〝巨人　大鵬《たいほう》　卵焼き〟という言葉が生まれたぐらいだ。当然、その圧倒的な人気に反発を抱く野球ファンも出てくる。巨人が負ければ気分がいいという人たちだ。彼らは〝アンチ巨人〟と呼ばれた。

「よくそんな言葉を知っているな」

宮田も曽根原と同じ事を感じたようだ。今では巨人の人気は相対的に下がって十二球団、それぞれに盛りあがっている。

「父が巨人ファンだったんです」

ミサキがそう言うと曽根原は心の中で〝お〟と嘆声をあげた。

(ここにも共通点があったか)

野球の分野でも話が合うかもしれない。

「あたしは西武ファンですけど」

合わなかったか。曽根原はいささか気落ちした。

「でも……」

ミサキが話を戻しにかかる。

「賢治が常に父親ありきという事がイーハトーブと関係あるんですか?」

「ある」

宮田は断言した。

「どこを読めばそんなことが判るんですか? 見当もつかないんですけど」

「ヒントはトキーオにある」

「トキーオに?」

「君の故郷は?」

宮田がミサキに訊く。

(何を言いだすんだ?)

意味が判らない。それまでの会話と繋がりがない話を。

（しかも私は無視か？）

だが宮田はミサキに訊きながらその会話を私に聞かせるために言っているのだろう。曽根原はそう解釈した。〝だとしたら繋がりはあるか〟とも。

「東京ですけど」

宮田の問いにミサキが答えた。

むかし布施明《ふせあきら》のウィスキーのCMで〝故郷のある人っていいよなあ〟と呟くものがあった。東京生まれの布施明には故郷はない。そんなことを曽根原は思いだした。だがミサキは自分の故郷を東京と即答した。

「故郷は好きかい？」

「もちろんです。誰でもそうなんじゃないですか？」

ミサキの屈託のなさが羨《うらや》ましい。曽根原は自分の故郷に複雑な思いを抱いている。

「東京は悪く言われることが多いですけど」

「過去に東京中心主義が長く続いて田舎を見下してきた発言が多かったつけが回ってきているんだよ」

「そうかもしれません。でも言われたら少し悲しい気持ちになります。だからあたしは、どこの故郷も悪く言わないように気をつけています。自分がされて厭なことは人にもするなって教えられましたから」

いい教育だ、と曽根原は思った。

「自分の故郷である東京愛は心置きなく主張するわけだ」

「それも少し恥ずかしいです」

「東京者はシャイだからな」

「宮田さんの郷土は？」

「愛知だ」

「そうなんですか。宮田さんは愛知愛を主張しますか？」

「しない」

「厭な思い出でも？」

ミサキがバーテンダーらしくない切りこみを入れる。

「いや」

宮田はドライマティーニを一口飲む。

「郷土愛というのは結局は自己愛だからだ」

「郷土愛が自己愛？」

「ああ。だからそれを声高に叫ぶような真似は恥ずかしくてできない」

「そんな。郷土愛が自己愛だなんて、あるわけないでしょう」

「どうして？」

「どうしてって……。郷土愛は純粋なものでしょう。美しいものでしょう？」

「おめでたいな」

ミサキがプクッと頬を膨らませた。〝可愛い〟と曽根原は思った。

(しかしこの男は話をどこに持っていこうとしているのだ?)

それを見極めるためにも曽根原は発言を控えた。

「そもそも君はどうして郷土が好きなんだ?」

「生まれた土地が好きなのは当たり前でしょう」

「生まれてない土地は?」

「生まれた土地よりは興味が持てませんね」

「自分と関わりが薄いからだ」

ミサキは黙った。

「そして生まれた土地が好きなのは自分と関わりが深いからだ」

「そりゃ、そうでしょうけど」

「つまり自分と関わりがあるから好きなんだ。それだけさ」

「夢のない見方ですね」

「本質が見えているだけだ」

「郷土愛が自己愛だから声高には叫ばない……。それは宮田さんの自由ですけど自己愛が悪いとは思わないわ」

「僕も悪いとは言っていない。ただシャイだから主張したくないだけだ」

シャイどころか、かなり図々しい人間に思えるが……。

「そうですよね。自己愛は悪い事じゃない。むしろ人間の本能なんじゃないかしら？」

「そう。本能だ。生存競争に由来する本能だ」

「生存競争に？」

この男は思わぬ方向から論理を組みたてて来るから油断がならぬと曽根原は身構えた。

「動物が本来持っている生き抜きたいという本能。すべてはそこに由来する」

「どういう事ですか？」

「原始時代に人間が……いや人間よりも前のサル、さらにその前のキツネザルあるいはさらに前のもっと小さな生物だった時代から人間の先祖たちは周囲の猛獣の脅威に晒《さら》されて生きてきた」

「怖かったでしょうね」

「怖かっただろう。捕まれば食われてしまう」

「まさに生きるか死ぬか」

「でもそんな過酷な世界にも怖くない存在もいた」

「それは？」

「子どもだよ」

「子ども……」

「子どもに襲われる心配は少ない。だから子どもを見ると〝かわいい〟と感じる」

ミサキは黙っている。

「大人のライオンは怖くて近寄れなくても生まれたばかりのライオンは、かわいいと思うはずだ」

「その〝かわいい〟は〝襲われない安心感〟に由来していると言うんですか？」

「そうだ。人間の子どもだって同じだ。大人だったら暴力を振るわれるかもしれない。振るわれたらやられるかもしれない。でも小さな子どもには、やられる心配はない。向かってきても赤ちゃんや幼稚園児には勝てる。だから本能的に安心感が生まれる。それが子どもを可愛いと思う原点だ」

「〝かわいい〟の原点は安心感ですか」

「そうだ。そしてそれは生存本能に由来する。やられる心配が少なければ生き延びることができる」

曽根原は〈やまとしずく〉を飲みながら宮田の話をジッと聞いている。

「自分の家にいると落ちつくのも外を歩いている時よりも襲われにくいからだ。それは生まれ故郷も同じなんだよ。知らない土地にいるよりも安心できる。襲われたときにも道を知っているから逃げやすいし周りに知っている人間がいるから助けも求めやすい」

「生まれ故郷には仲間がたくさんいますけど、その仲間は掛け替えのない人たちですよ。損得勘定なんてありません」

「表の意識では損得勘定がなくても本質は仲間といれば安全度が増すというだけだ。ジャングルを一人で歩くよりも大勢で歩く方が心強いからね」

「その本質を無意識のうちに〝仲間は素晴らしい〟って思いこんでいるのかしら？」

「僕はそう思う。お国自慢も同じ理由からだろう」

「お国自慢にも生存本能が関係あるんですか？」

「当然だろう。自分の生まれ故郷が優秀であれば、つまり他の土地よりも優位であれば自分が生き残る確率も高くなる。その思いが自分の生まれ故郷を褒める心理に繋がる。それを広げれば祖国愛も同じだと気づくだろう」

「祖国愛も？」

「自分の国が他国よりも優れていれば安心だからね」

「仮に」

満を持して曽根原が会話に戻る。

「君のご高説が正しいとして、それが宮沢賢治とどう繋がるのかね？」

「誰でも生まれ故郷は好きだという話です。賢治もそうだった。賢治も生まれ故郷である岩手が好きで、それは自分と同一視する存在だったのでしょう」

「賢治が生まれ故郷の岩手と自分自身を同一視ですか。宮田さんの郷土愛＝自己愛説に則れば、そうなりますもんね」

「ああ。そして賢治は岩手に相対する存在として東京を捉えていた。その証拠に東北ばかりの架空都市……モリーオ、ハーナムキヤ、イーハトーブの中にトキーオ＝東京も出てくる」

「なるほど」

「賢治は立派なものの象徴として東京を捉えていたんだ」

「それが？」

「自分が岩手ならば立派なものの象徴としての東京は誰だろう？」

「東京にもモデルがいたって言うんですか？」

「当然だ」

「父親？」

「その通りだ。やっぱり君は勘がいい」

宮田の説を言い当てたという勘の良さだが。

「賢治は自分をデクノボーと規定した。そしてその象徴として岩手を宛《あて》がった。その暗号はイーハトーブだ」

「父親のことは立派だと規定した。そしてその象徴として東京を宛がう。その暗号はトキーオ」

ミサキの捕捉に宮田は頷く。

「見事に符合しますね」

「もちろん賢治の心の中では『虔十公園林』でも暗示しているように最後は自分、すなわちデクノボーの方がいいものなんだ、東京よりも岩手の方がいいものなんだ、すなわち父親よりも自分の方が立派なんだという思いが渦巻いていた」

「納得です」

「冒瀆《ぼうとく》だ」

曽根原はやや強い口調で言った。

「賢治作品全体に対する強い冒瀆だ」

「何故です？」

「すべての賢治作品が父親への怨嗟《えんさ》で満ちていたら、それをありがたがって読まされていた読者の立場はどうなる？」

「それも悪くはないでしょうけど」

「なに？」

「でも賢治は父親を許しているんですよ」

「賢治が父親を許していた？」

「ええ」

「それを示す賢治の手紙でも出てきたか？」

「手紙……。ある意味、この作品は賢治が父親に宛てた手紙なのかもしれません」

「どの作品だね？」

『銀河鉄道の夜』です」

「それのどこが〝手紙〟なんだね？」

「この物語の主人公は誰ですか？」

「ジョバンニだ」

「つまりジョバンニは賢治自身です」

「そう考えて差し支えなかろう」

「それはすでに曽根原先生に教えていただきました」

曽根原が頷く。

「父親も出てくる」

「たしかに〝父親〟という言葉は出てくるが伝聞だ。実際の登場人物として出てくるわけじゃない」

ミサキがページを繰り確認する。

「ホントだ。ジョバンニの父親は刑務所に行っていたって噂が立つほど姿を消していたんですもんね」

「それが賢治の心象を表している」

「なるほど」

曽根原は納得した。

「ジョバンニのモデルが賢治自身なのだからジョバンニの父親は賢治の父親。それはその通りだろう」

「ありがとうございます」

「だけど賢治はジョバンニの父親を否定的に書いてませんか？」

ミサキがさらにページを繰る。

「うん、そうですよ。ジョバンニは姿を見せない父親に対して〝罪を犯してるんじゃないか〟って不安に思っている感じです」

「それは賢治自身の心象だった」

「父親に対する、ですね？」

「そうだ。罪を犯している……。それは自分に対する酷い仕打ちの事だったんじゃないだろうか」

「自分を責める父親を逆恨みしていたのかもしれませんね」

「立派に働いている君から見たら逆恨みに見えるのかもしれないな」

「違うんですか？」

「僕みたいな風来坊《ふうらいぼう》からすると賢治の気持ちは、よく判るよ」

「君は風来坊なのかね？」

曽根原が宮田の個人情報に興味を示すのは初めてだ。

「賢治がそうであるように自分では一生懸命やっているつもりなんですが親から見たら歯痒《はがゆ》いんじゃないでしょうかね」

「宮田さんは、ご自分を賢治に重ねていたんですね」

烏滸《おこ》がましい。

「だからジョバンニの、そして賢治の父親に対する気持ちが判るんですね」

「そうかもしれない」

「あ」

話しながらページを繰っていたミサキが声をあげた。

「そうなんだ」

ミサキが止めたページの見当がついたのか宮田が声をかける。

「賢治は父親を最後には許している……。いや誤解が解けたというべきかな」

ミサキが頷く。

「ずっと罪人なのだろうかとジョバンニが心配していた父親は罪人ではなかったことが最後になって判明しているはずだ」

ミサキが該当部分を音読する。

――早くお母さんに牛乳を持って行ってお父さんの帰ることを知らせよう
ミサキは本を閉じた。

「『銀河鉄道の夜』は作品自体が妹の墓碑銘であると同時に父親に宛てた手紙でもあったんですね」

「そうだ。そして『虔十公園林』に出てくる杉が賢治の書いた童話であるように『銀河鉄道の夜』で暗示されている星々もまた賢治の童話であると僕は思う」

「星々が賢治の童話？」

「ああ。今でも夜空を見上げると、それらの星は燦然《さんぜん》と輝いているよ」

そう言うと宮田はカシスシャーベットを注文した。

第四話　芥川龍之介　～藪の中へ～

犯人など判りはしない。

それが曽根原の考えだった。

(誰が殺したのか?)

今となっては確かめようがない。

いつの間にか曽根原は〈スリーバレー〉のドアを開けていた。

「いらっしゃい」

(しまった)

どうして私はまたこの店に来てしまったのか……。

(夏の暑さのせいか?)

後悔したがもう遅い。

(それに……)

自分が本当に後悔しているのかさえ怪しいものだった。

「いったい誰が犯人なんでしょうね」

「え?」

「あ、ごめんなさい。あたしの妄想を口に出してしまって」

「妄想とは？」

曽根原はいささか驚いていた。自分が思っていた疑問と同じ疑問をミサキが口にするとは。

（読心術でもできるのか？）

偶然に違いないがそんな冗談も頭を過《よぎ》る。

「『藪の中』の犯人です」

「え！」

今度は本気で驚いた。曽根原が店に入る前に考えていたのは、まさに芥川龍之介の代表作の一つ『藪の中』のことだったのだ。

（このバーテンダー、まさか本当に読心術が……？）

曽根原の目が大きく見開かれる。

「どうしてそんな事を考えているんだ？」

「今日、曽根原先生の講演会がありましたでしょ？」

そういう事か。曽根原は得心した。今日、芥川龍之介に関する講演会を行った。テーマは『藪の中』だ。

場所が悪い。講演会の会場から駅までの途中にこの〈スリーバレー〉は位置する。自然に足が向いてしまうのも無理からぬところだ。

講演会の打ちあげを断った曽根原だったが曽根原は元々パーティなどが好きではない。人混みに紛れて飲むよりは少人数で飲む方が好きなのだ。

「それで仕込みをしている昼間から曽根原先生のことが頭から離れなくて」

嬉しいことを言ってくれる。それがこの店のバーテンダーにしてホステスとしての役割もこなすこの女性の手練手管《てれんてくだ》だとしても。

「駅のポスターを見かけたんです。それで今日の講演会のテーマが芥川龍之介だと知りました」

芥川龍之介は大正時代に活躍した小説家だ。

「芥川を読んでいるのかね？」

「勿論です」

ミサキの〝勿論〟は当てにならないと曽根原は思っている。

「では芥川については詳しい？」

「そこそこは」

そのくらいの返答でちょうど良い。下手に〝勿論です〟などと答えられると対応に困る。

芥川龍之介は一八九二年（明治二十五年）に東京市京橋《きょうばし》区に生まれた。現在の中央区、聖《せい》路加《ろか》病院の辺りである。

「芥川の母親のことは知ってる？」

「知ってます」

曽根原は頷いた。記録によると芥川龍之介の母フクは龍之介が生まれて一年足らずで発狂したとある。当時の医療事情だから、どの程度の病状だったのかは判らないが、そのことが後の芥川の人生に影響を与えたことは間違いない。

「では〈新思潮〉のことは？」

「それも知ってます」

芥川に関しては、かなりの事情通と見て良いと曽根原はミサキを認めた。

芥川は東京帝国大学に入ると菊池《きくち》寛《かん》、山本有三《やまもとゆうぞう》らと文芸同人誌第三次〈新思潮〉を創刊する。その翌年、第四次〈新思潮〉を創刊し、その創刊号に発表した短編小説『鼻』が夏目漱石の目に留まり小説家として中央の文壇にデビューを果たす。それ以降は文壇の寵児《ちょうじ》としての地位を駆け足で獲得してゆく。〈帝国文学〉に『羅生門』を発表した二十三歳の時に晴れて夏目漱石門下生となるが、その年の十二月、漱石は病を得て四十九歳で死去する。

芥川は『芋粥』『地獄変』『河童』『点鬼簿』などの傑作を次々と発表し、その間に結婚もして三人の子宝に恵まれる。ただ気苦労も多く神経衰弱から不眠症に陥り、睡眠薬を常用するようになり三十五歳の時に〝漠然とした不安〟を感じて服毒自殺した。

「君は芥川に関してかなり勉強しているようだ」

「そういうわけでもないんですけど」

ミサキは少し、はにかんだような顔で「曽根原先生には〈羅生門〉を用意しました」と言った。

「羅生門？」

「日本酒です。和歌山のお酒です」

「そんなものがあるのか」

「はい。純米辛口です」

「では、それをもらうか」

ミサキは曽根原に徳利《とっくり》と猪口《ちょこ》を差しだす。曽根原は口に運ぶ。

「どうですか?」

「うまい。芳醇《ほうじゅん》だ」

「よかった」

ミサキがニコッと笑う。〈羅生門〉の一升瓶はカウンターの内側に置かれたままだ。

「お料理は芋粥をどうぞ」

ミサキはすでに用意していた椀を曽根原に提供した。

「角切りにしたサツマイモをご飯と一緒に煮ただけなんですけど」

「ほう」

「ご飯よりもサツマイモを多くしてますから、おつまみにもなります」

木の匙で一口食べると口の中に甘みが広がった。

「こりゃいい」

「おいしいですか?」

食べている最中だったので曽根原は無言で頷いた。ミサキも無言の笑みを返す。二人の間の親密度がさらに増した気がした。

「芥川の講演があった日に〈羅生門〉と芋粥とはまさに芥川尽くしだな」

「あたしも幸せです。しかも講演のテーマが『藪の中』！」

「好きなのかね？」

「もちろんです！」

そう言うとミサキはカウンターの端のブックエンドに手を伸ばした。見たところブックエンドには四冊の文庫本が挟まれている。『こころ』と『走れメロス』と『銀河鉄道の夜』。そして……。ミサキは一冊を取りだした。

「それは……」

「新潮文庫の芥川龍之介『地獄変・偸盗』です。この短編集の中に『藪の中』が収録されているんです」

すでに曽根原は知っていることをミサキが目を輝かせて答える。

（この目だ）

強烈な吸引力のある目……。油断をすると吸いこまれそうになる気がして曽根原は気付け薬のつもりで〈羅生門〉を飲む。

「犯人は誰なんですか？」

曽根原は〈羅生門〉を噴きだした。

「すまん」

「いいんです」

ミサキは文庫本をカウンターの端に置くとサッと曽根原の側に回りカウンターテーブルを拭

きだした。

「あたし何か変なことを言いました？」

「いや」

これが学生の発言だったら罵倒《ばとう》していたところだが……。

（あの輝く笑顔を見せられた後では、さすがの私の舌鋒《ぜっぽう》も鈍る）

曽根原はそう感じていた。

「ただ文学作品である『藪の中』に対していきなり〝犯人は誰ですか？〟と推理小説のようなことを訊いてきた人は初めてだったのでね。いささか面食らっただけだ」

「初めてだったんですか？」

「そうだ。少なくとも第一声で訊いてきたのは」

ミサキが目を丸くしている。

「でも作品内では犯人が明かされていませんよね？」

「それこそが『藪の中』の眼目なのだよ」

眼目とは物事の大切な点のことだ。

「明かされていない事が？」

「そうだ」

『藪の中』は芥川龍之介の数多い作品の中の代表作の一つだ。平安時代を舞台に一つの殺人事件が描かれる。

登場人物は九人。

金沢武弘…殺された被害者。若狭《わかさ》国国府の侍。

真砂………金沢武弘の妻で容疑者一。

多襄丸……盗賊。容疑者二。

検非違使…検非違使とは平安時代初期に設置された官職で現代の警察官兼裁判官である。

放免………目撃者一。放免は検非違使に仕えた部下である。

木樵………目撃者二。

旅法師……目撃者三。

巫女………金沢武弘の霊を呼びよせて金沢武弘の証言を代弁する。

媼…………真砂の母親である。

以上が登場人物のすべてである。

この物語の特徴は一つの出来事が複数の登場人物の視点から描かれている点にある。

四人の当事者と三人の目撃者がそれぞれ事件について証言をするが、その内容がそれぞれで違っている。

「真相というものは関わった人の数だけある。芥川はそれを言いたかったんだよ」

「なるほど」

ミサキが素直に感心してみせる。

芥川には今昔物語を下敷きに創作した王朝物と呼ばれる作品群があるが『藪の中』は王朝物の最後の作品である。また数ある芥川の作品の中で最も多くの論文が書かれている作品でもある。

あらすじは以下の通り。

藪の中で男の死体が見つかる。若狭国の武士、金沢武弘の死体である。金沢武弘の死の真相を解明すべく検非違使が関係者に証言を求める。

証言したのは以下の人物。

金沢武弘の遺体の第一発見者である木樵。

金沢武弘が死ぬ前日に金沢武弘と馬に乗った女を見かけた旅法師。

金沢武弘の衣服を着て馬に乗った多襄丸を目撃した放免。

男と女が金沢武弘と自分の娘、真砂であることを証言した嫗。

金沢武弘を殺したことを自白した多襄丸。

金沢武弘を殺したことを自白した真砂。

そして……。

当の金沢武弘が霊媒師の口を借りて自分は自殺であったことを告げて物語は終わる。

「結局〝自分が犯人だ〟って自白した人が三人いるんですよね」

「そうだ」

真砂と多襄丸と金沢武弘本人。

「その内の誰が本当の犯人なのか」

「まさに真相は藪の中だ」

証言の食い違いなどから真相が不明になることを意味する言葉である〝藪の中〟は、この小説から生まれた。英語でも〝ラショーモン・シチュエーション〟と呼ばれている。これは『藪の中』を原作とした映画『羅生門』から来ている。この映画は一九五〇年公開。監督は黒澤明。出演は三船敏郎、京マチ子など。

自分が真実と思いこんでいたものが別の人間から見れば別の真実があると訴えるこの映画は、第二次世界大戦が終わって間もなく各国のナショナリズムが渦巻いていた時代に世界に衝撃を与え第十二回ヴェネチア国際映画祭で日本映画で初めてグランプリに当たる金獅子賞を獲得した。エリア・カザン監督、マーロン・ブランド主演の『欲望という名の電車』を抑えての受賞だった。

「真相は藪の中……。曽根原先生は、それこそが芥川の狙いだったと仰《おつしや》るんですね？」

「その通りだ。発表されたこの作品に関する評論では初めのうちこそ金沢武弘を本当に殺したのは誰かという犯人探しも行われたが近年ではテキストからそれを割りだすことは不可能だということに誰もが気がついた」

「じゃあ、そのことは論じられていないんですか？」

「ああ。近年では小説内の語りの問題や作品自体のテーマ、さらには『藪の中』論自体まで論じられている」

ドアが開いた。

「いらっしゃい」

入ってきたのは宮田だった。曽根原は腕時計で時刻を確認する。きっかり八時半だ。

ミサキが笑顔で迎える。その笑顔が自分を迎えたときよりも輝きが薄い気がして曽根原は安堵した。

宮田はいつもの席に坐るなり「『藪の中』ですか?」と訊いてきた。

「どうして判ったんですか? あたしたちが『藪の中』を話題にしていることが」

一瞬、驚いたが他愛もないことだ。曽根原が〈羅生門〉を飲んで芋粥を食べている。誰でも判ることだ。

「本が出てたから」

宮田はカウンターの端の文庫本に目を遣《や》った。

(そっちか)

さらに他愛ない。

「でも本のタイトルは『地獄変・偸盗』ですよ」

「その短編集の中に『藪の中』が収録されていることは知ってるよ。それに芥川の作品の中じゃ『藪の中』がずば抜けて議論の対象になる回数が多いからね」

そういう事だ。

「すごいです」

すごくない。

「という事で僕も〈羅生門〉をもらおうか」

宮田がカウンターの内側に置かれた〈羅生門〉の一升瓶に目を遣りながら言う。

(何が〝という事で〟だ)

どことなく曽根原はおもしろくない。

「つまみにはブリの照焼を」

「かしこまりました」

芥川の好物か。ブリを用意してあるミサキを褒めるべきか。しかも下味をすでにつけていたのか、すぐに焼き始めている。食欲を刺激する香りが漂ってくる。

「君のことだから『藪の中』の犯人について知りたいんじゃないのかい?」

「そうなんです。でもテキストからは誰が犯人かは判らないんですよ」

そう言うとミサキは共犯めいた笑みを曽根原に投げかけた。曽根原はおかしくなって同じ笑みを宮田に見えないようにミサキに投げ返す。ミサキは〝犯人なんて判らないのにね〟という見解を踏まえての笑みなのだ。その正解に宮田が到達できるのか? 答えを知っている者同士が宮田を試している。少々、意地の悪い試験だと言えなくもないが曽根原は密かな愉悦を感じた。

「宮田さん」

宮田が〈羅生門〉を飲んでいて答えないから業を煮やしたのかミサキが声をかける。

「宮田さん。最近は犯人探しじゃなくて語りの問題や」

「真砂だ」

「は？」

ミサキが心底、意外そうな声をあげる。ミサキはおそらく宮田が正解を言い当てると踏んでいたのだろう。宮田の今までの洞察力からしてそう思うのも無理はない。曽根原も少しはそう期待した。

ところが……。

宮田は小学生レベルの犯人探しに躍起になっていたとは。

「宮田君。たしかに真砂は自分が犯人だと自白しているよ」

「ですよね」

「だが君は多襄丸も、そして金沢武弘自身も霊媒師の力を借りて自白している箇所を読まなかったのかね？」

「もちろん読んでいます」

「その上で真砂が犯人だと？」

「そうです」

曽根原の代わりにミサキが訊いた。連係プレイだ。

「なるほど」

曽根原は余裕を見せた。

「たしかに真砂が犯人であってもおかしくはない」

「曽根原先生……」

ミサキが心配そうな目を向ける。

「だが同時に多襄丸が犯人でも、金沢武弘の自殺でもおかしくはないんだ」

「ですよね」

ミサキが援護射撃をする。

「誰が犯人かは、この小説では特定できないのだ」

「できますよ」

「は？」

今度は曽根原が非難めいた声をあげる。

「犯人が特定できる？」

「はい」

「真砂に？」

「そうです」

「宮田さん。特定するのは勝手なんですけど作者の芥川はミステリを書いたつもりはないでしょう。芥川はミステリに興味なんかないと思いますよ」

「そんな事はない」

宮田は即座に否定する。

「芥川は大のミステリファンだよ。チェスタトンの愛読者でもあるし自ら『開化の殺人』というミステリを書いている程だ」

チェスタトンはブラウン神父シリーズで名を馳せたミステリ小説家だ。

「曽根原先生」

ミサキが確認を求めて曽根原に声をかける。

「その通りだ」

「そうだったんですね」

「だから芥川が『藪の中』をミステリとして書いた可能性は大いにある」

「でも実際に小説の中で犯人が特定できないんですから」

「特定できると言っただろう」

「どう特定できるというのかね？」

曽根原が訊く。

「ブリの照焼ができました」

ミサキが宮田にブリの照焼を差しだす。

「曽根原先生もよろしければ」

ミサキが勝手に差しだしたブリの照焼を曽根原は〝ありがたい〟と感じた。

「まず事実関係を確認しますと」

曽根原がブリの照焼に箸を伸ばそうとしたとき宮田が話を再開する。

「被害者は金沢武弘という若狭国の武士です。この男が藪の中で死んでいた。状況から事故や病死ではなく刀で刺されたことは明白です」

「そこまではいいだろう」

「ありがとうございます」

「問題はその先だ。犯行を自白した者が本人を含めて三人いる」

「本人と多襄丸と真砂……」

ミサキが指を折る。

「目撃者の話を聞いても本当のことを言っているのか判らない。それこそがこの小説の言わんとするところなのだよ。事実も人によって見方が変わる。芥川はそのことを言いたいのだ」

「ホントにそうですね」

ミサキがグラスを拭きながら追随《ついずい》する。

「同じ出来事でも人によってずいぶんと見方が変わりますよね」

曽根原は盲人と象の話を思い浮かべた。象を見たことがない三人の盲人が象に触った。一人は鼻に。一人は胴体に。一人は尻尾に。それぞれ触った後に〝象とはどんな生きものだった？〟と訊かれて鼻に触った者は〝長い生きものだ〟と答え、胴体に触った者は〝平らで大きな生きものだ〟と答え、尻尾に触った者は〝小さな生きものだ〟と答える。

「たしかに見方は変わる」

宮田がミサキの言葉を受けて応える。

「だけど〝自分が殺した〟と自白することは〝見方〟とは言わない」

「あ」

「〝あの人が犯人だと思う〟だったら〝見方〟だと言えるけど〝自分が犯人だ〟というのは〝見方〟じゃなくて事実の告白だ」

ミサキは一瞬、手を止めたがすぐに「でも三人の人が告白してるんですよ。変じゃないですか」と反論した。

「変だよ。矛盾している」

「どうして、こうなったのかしら」

「簡単だ。二人は嘘をついているんだ」

「嘘を……」

「そう考えるしかない」

「犯行を自白した人が何か勘違いをしていて本当は殺してないのに〝自分が殺した〟って思いこんだ可能性は？」

「ない」

「どうして？」

「君が想定しているのは二時間サスペンスなどでよく観るパターンだろ？」

二時間サスペンスというものを一度も観たことがないので判らないが……。そう思いながら曽根原はミサキに視線を向ける。

「AさんがBさんを突き飛ばした。Bさんはテーブルの角などに頭をぶつけて動かなくなった……。それでBさんが死んだと思いこんだAさんがその場から逃げてしまう。ところがBさんは死んでいなかった。そのことに気づいた第三者……もともとBさんに殺意を抱いていた第三者がトドメを刺して本当にBさんを殺してしまう。遺体が発見されてAさんは〝自分が殺した〟と勘違いしてしまう」

そういうパターンか。曽根原は得心した。

(おそらくこのバーテンダーは私に説明するために口に出して言ったのだろう)

そうも思った。

「そんなところだ」

「ですよね。だったら『藪の中』でもあり得るんじゃないですか？　殺したと思ったけど実は死んでなかったってパターンが」

「ない」

執拗に否定し続けるその根拠は？

「『藪の中』では容疑者が三人しかいない。そしてその三人ともが自白している。そのうちの一人が真犯人だ」

「つまり残りの二人が勘違いをしているんですよ」

「真犯人が自白しているのだから後の二人が勘違いだったとしても、そこで正される」

「あ」

ミサキが声をあげる。

「そうか。そうですよね。勘違いだったら真犯人が自白した時点で誤解が解けますよね」

「そういう事だ。真犯人の供述に従って丹念に時系列を辿っていけば勘違いは是正される。それなのにあくまで自分がやったと言い張るのは勘違いではなくて明確な意志の下に嘘をついているんだ」

「どうして嘘をつく必要がある？」

曽根原が反撃に転じる。

「真犯人を庇《かば》っての事でしょうね」

「庇う？」

「それしか理由はないでしょう」

「宮田さんの説によると、多襄丸と金沢武弘が真砂を庇っているという事ですか？」

「そうだ」

「どうして庇うんですか？」

ミサキの質問に被せるように曽根原が追い討ちをかける。

「多襄丸は冷酷非道な追いはぎだし金沢武弘は被害者だ。庇う必要などどこにもないだろう」

「その通りです」

「は？」

「宮田さん。おかしいですよ。いま宮田さん自身が〝真砂を庇って嘘をついた〟って言ったばかりじゃないですか」

「大事なのは芥川の文章を素直に読むことだ」

「はァ?」

曽根原の口から声が漏れる。

「どういう意味ですか?」

ミサキが訊いた。その綺麗な声は曽根原の胸に一瞬、沸きおこった怒りを鎮める効果を持っていた。

「芥川は多襄丸を冷酷非道な強盗として描いている。だから、そのように読むべきだ」

「他人を庇うわけはないと?」

「ああ」

「だけど宮田さんは真砂を庇ったと言いましたよ」

「そこには打算があった」

「打算?」

曽根原が訊き返すと宮田は「そうです」と答えた。

「だから自分が犯人だと自白した。けっして愛情や慈悲から庇ったわけではないんです」

「どういう事ですか?」

「まず考えなければならない事は真砂が多襄丸を庇うだろうか? という事だ」

「普通に考えれば庇うわけないですよね。自分を犯して夫を殺した極悪人ですから」

「その通りだ。だから真砂は嘘をついていない。本当のことを言っていると考えるしかないんだ」

「でも多襄丸に脅されていたとしたら？　俺が犯人だとばらしたら、ただじゃおかないぞとか」

「当時の刑罰では人を殺したらまず死罪だろう。多襄丸が殺しで裁かれるのであれば死罪は免れない。だから脅されても本当のことを言えば多襄丸は死罪になって自分の無事は保障される。脅しに屈する必要はない」

「ですね」

ミサキが猪口を口に運んだ。

（いつの間に自分用の酒を注いだのだ？）

おそらく〈羅生門〉だろうが……。

「多襄丸のために嘘の証言をしたのではないということは理解しました」

ミサキは猪口を置く。

「でも真砂が夫の自殺を隠そうとして嘘の証言をした可能性は？」

「それもない」

宮田は即答する。すでに自分の頭の中で、とっくに検討済みだとでもいうように。

「どうしてですか？」

「夫の自死を隠したいのなら強盗に襲われて死んだとすれば済む」

「それだと武士として不名誉だと思ったのでは？　強盗に負けるなんて」

「妻に殺される方がよっぽど不名誉だろう」

「あ、そうか」

「まして妻は夫を殺したという告白の中で夫が強盗に負けたことを認めている。そのことを隠す理由は消滅している」

「ですね」

ミサキは猪口の酒をゆっくりと飲んだ。

「だったら夫が真実を語ってるんだわ」

「金沢武弘の証言が真実だと？」

曽根原が訊く。

「はい。金沢武弘本人が〝自殺した〟って言ってるんですから。金沢武弘がそんな嘘をつく必要がありますか？」

「妻を庇っている可能性は考えられるが……」

「あ、そうか。妻を殺人犯にしないために……。曽根原先生。その可能性はありますね」

「ない」

宮田が断言する。

「夫が真実を語っている可能性も妻を庇っている可能性もない」

「なぜ〝ない〟と言いきれるのかね？」

少しムッとしながら曽根原が訊いた。

「現場から凶器が発見されてないからです」

「あ」

ミサキが声をあげる。

「木樵の供述にこうある」

宮田は該当部分を暗唱する。


――太刀か何かは見えなかったか？　いえ、何もございません。


ミサキは「ですね」と応える。

「第一、金沢武弘の供述が行われたときには当の本人はすでに死んでいる。その供述がデタラメである明白な証拠だよ」

ミサキも曽根原も虚を衝かれたように反応できない。

「死んでますけど霊媒師の力を借りて」

ようやくミサキが反応する。

「君は霊媒師を信じているのか？」

「え？」

「子供の頃、マリリン・モンローの霊が日本語で喋っているのを見たときに僕は霊の言葉を信じなくなったけど」

「それは……」

「宮田君。君が信じないのは勝手だが『藪の中』では霊媒師が真実を語っているという設定で物語が語られている」

「はたしてそうでしょうか」

宮田は〈羅生門〉を一口飲むとまた語りだした。

「芥川はこの小説でただ単に〝霊媒師が金沢武弘の独白を伝えた〟という事実を示したに過ぎません。霊媒師の言葉が嘘か真実かは明示されていないんです。その判断は読者に委《ゆだ》ねられています」

「そういえない事もないが」

「曽根原先生……」

「だが真実だと考えるのが普通だろう」

「世に問われたテキストをどのように読もうが読者の自由です。またそのことを作者も承知しています」

「自由だが王道の読み方というものがある」

「王道ではなく多数派ですね」

「多数派、ですか」

「ああ。だけど多数派が必ずしも正しいとは限らない」

「正しいとは限らないが正しいことが多い」

宮田と曽根原、二人の間に火花が散った。

「第一この物語の中で霊媒師が嘘をつく理由がまったくない」

「黒幕は検非違使だ」

「もしもし」

ミサキが宮田に声をかける。

「話、聞いてます？」

曽根原はおかしくなった。ミサキが曽根原の言葉に対する宮田の頓珍漢《とんちんかん》な受け答えを諫《いさ》めている。それが曽根原の溜飲《りゅういん》を下げるのだ。

「検非違使が黒幕だと考えれば霊媒師が嘘を言った理由が腑《ふ》に落ちるんだよ」

まんざら頓珍漢な受け答えをしたわけではないらしい。

「どういうふうに腑に落ちるんですか？」

だがミサキは追及の手を緩《ゆる》めない。

「宮田さんは検非違使が黒幕だって言いましたけど検非違使が霊媒師に嘘をつかせたと考えているんですか？」

「その通りだ」

「なぜ検非違使がそんな細工を？」

曽根原が訊く。ミサキとの連係プレイのごとく。

「真砂を助けるためです」

「真砂を助ける？」

「そうです。真砂は夫である金沢武弘を殺したのですから死罪は免れない。それを助けようとしたんです」

「なぜ助けたいと思ったのだ？」

「真砂と検非違使は事件が起きる前から通じていたんでしょうね」

「男女の仲だったってこと？」

「ああ」

「それって浮気じゃないですか」

「そうだ。でも、そう考えればすべての矛盾が説明できる」

「どこがどう説明できるというのかね？」

「あ、その前に」

ミサキが口を挟んだ。曽根原は少しムッとした。

「すべての矛盾って何ですか？」

「三人の人間が三人とも〝自分が金沢武弘を殺した〟と証言していることだ」

「それは、たしかに大きな矛盾ですよね」

「芥川もその矛盾点を読者にそのまま示している。この点は矛盾してますよと」

「たしかにそうですね。〝矛盾していてもいいんだ〟などの説明を加えずに矛盾した状態をそのまま示している……」

「つまり解があるはずなんだ」

「その解とは？」

「順を追って説明します」

偉そうに、と思ったが黙っていた。

「そもそも真砂はなぜ夫を殺したのか？」

ミサキは自分の猪口に〈羅生門〉を注ぎたしながら「言われてみれば夫を殺すって尋常じゃないですよね」と応える。

「だが世間では見聞きする事件だ」

曽根原が口を挟む。

「その動機は？」

「いろいろあるだろう。夫が暴力を振るって身を守るためにやむなく殺したとか」

「そういう場合は同情するわ」

「検非違使も同情した」

「え、真砂も夫から暴力を振るわれていたんですか？」

「それが僕の仮説だ」

「仮説ね」

「でもその仮説だけが三人の証言が食い違っている理由を説明できるんです」

「聞こうか」

ここまで来たら聞くしかない。

「起こった出来事は、こうだと思います」

宮田は話し始めた。

「夫の金沢武弘に日頃から暴力を受けていた妻の真砂は、そのことを検非違使に相談したのではないでしょうか」

「傷害罪になるのかしら？」

「今ならそうなるだろうけど当時は夫婦間の出来事だから裁くことはできなかったと思う」

「でしょうね」

「裁くことはできないけど検非違使は真砂に同情した」

「そのことが二人を男女の仲にしたとしても不自然じゃないと思うわ」

宮田は頷いた後で「ところが」と話を展開させる。

「暴力に耐えきれなくなったのか真砂が夫である金沢武弘を殺害してしまう」

「どうやって？」

ミサキが訊く。

「真砂の供述通り小刀で刺したんだろう」

ミサキは頷く。

「そして真砂は普段より通じていた検非違使にそのことを報告する」

「検非違使は、そういう場合の専門家ですもんね」

「ああ。そして報告を受けた検非違使は、なんとか真砂を助けようとして一計を案じる」

「そのことが三人の矛盾する証言に繋がるのかね？」

「繋がります。三人の証言が矛盾している理由を綺麗に説明できるんです」

聞くしかない。

「時系列に沿って言うと真砂に殺された金沢武弘の遺体を多襄丸が見つけます」

「もともと山賊のような生業《なりわい》だから山で見つけてもおかしくないですもんね」

「ああ。山賊だから遺体から衣服や金目のものを盗む」

「犯罪です」

「だから検非違使の部下である放免に捕まってしまう」

「その辺りにも予《あらかじ》め検非違使の計算が働いていたりして。盗賊に発見させてその盗賊を捕まえるとか」

「あり得るかもしれない。いずれにしろ検非違使は捕まえた多襄丸に、こう持ちかける」

ミサキも曽根原も宮田に注目する。

「〝金沢武弘を殺害したことを証言すれば裏で逃がしてやる〟と」

「そんな取引を？」

「真砂を犯人にしないためだ」

「その提案を多襄丸は受けいれた……」

宮田は頷く。

「窃盗の罪で捕まった多襄丸は、もともと数々の重大犯罪を犯している重罪人だ。窃盗で捕まっても死罪は免れない」

「その死罪を取り消す代わりに嘘の証言をしろと……。司法取引みたいですね」

「この場合は違法取引だけど」

「そうですね」

「多襄丸は検非違使の提案を受けいれて〝自分が殺した〟と自白する」

「どっちみち死罪になるのなら検非違使の言葉に賭けてみて損はないですもんね」

「そうだ。ところが真砂はそんな検非違使の気持ちにも拘《かか》わらず罪の重さに耐えかねて自白をしてしまった」

「本当のことを言ったんですね？」

「ああ。慌てたのは検非違使だ」

「真砂が死罪になる可能性が出たし多襄丸が自白した事とも矛盾してしまいますもんね」

「そう。この時点で『藪の中』に矛盾が生じた」

「検非違使は何とか手を打たないと」

「それで巫女に嘘の証言をさせたのさ」

「巫女は金沢武弘が乗り移った振りをして〝私は自殺した〟と証言した」

「ああ」

「死んだ本人が〝自殺だ〟と言っているのだからこんな確かなことはない。真砂の罪はなくなる……」

店内に静寂が訪れた。誰もが言葉を発しない。

「たしかに、そう考える事もできるだろう」

口を開いたのは曽根原だった。

「だがすべて君の勝手な想像に過ぎない」

「そうでしょうか」

宮田は怯《ひる》まない。

「作中では真砂はどうして検非違使に告白しなかったのでしょう？」

「なに？」

「他の証人はすべて検非違使に告白を行っています」

「検非違使は現代で言えば裁判官みたいな人ですから、その人に向かって証言するのは当然ですよね」

「そうなんだ。ところが真砂は検非違使に告白しないで寺の坊主に告白をしている」

「検非違使に告白しても、真砂を無実にしたい検非違使に握りつぶされると思ったから……。あるいは告白した後で実際に握りつぶされた？　だからあらためて坊主に告白した？」

「そのことを芥川は伝えたかった」

「そうか。そう考えると腑に落ちますよね」

「しかし」

「多襄丸の証言がやけに滑《なめ》らかなのも不思議です」

「滑らか？」

「思いだしてください」

曽根原は頭に収まっている『藪の中』の全文の中から該当箇所を脳内検索する。

確かに多襄丸は殺人の告白から動機、殺害方法まで文庫本にして五ページ以上の長口上《ながこうじょう》を一気に淀みなく語り終えている。

「もう少し口が重くてもいいと思いませんか？」

「それは単に小説技法の問題だろう。芥川がそういう書き方を選んだに過ぎない」

「違います」

宮田の信念は揺るがない。

「どうして違うと言えるのかね？」

「多襄丸の証言は他の証言者と比べてずば抜けて長いんです」

「なに？」

ミサキが素早く確認する。

「ですね。この新潮文庫だと一ページが十六行ですけど最初の木樵の証言が十七行。旅法師が十一行。放免が十六行。嫗が十二行です。つまりみんな一ページくらいかそれ未満。それなのに多襄丸の告白は五ページ以上、行数にして八十八行です」

「当事者である真砂でも四十二行。金沢武弘本人という建前の巫女でも四十九行だ」

「多いですね」

「言いたい事がたくさんあっただけだろう」

「供述が滑らかすぎることを考えると違うでしょうね」

「だから滑らかなのは小説上の」

「媼の供述は滑らかではありません」

「なに？」

「媼は感情が高ぶって自分の証言を最後まで言えません」

ミサキが該当箇所を音読する。

――（跡は泣き入りて言葉なし）

本を閉じて宮田を見る。

「この例からも判る通り芥川は多襄丸の証言にしても滑らかじゃなく書こうとしたら書くこともできたのです」

曽根原は何も言わない。

「それなのに滑らかに言わせている」

「なんか練習したみたいですね」

「そうなんだ。多襄丸は口上を練習していたんだよ。芥川は意図的にそう書いている。だからこその、あの滑らかな長広舌《ちょうこうぜつ》だ」

「自白したら死罪になるのに嬉々として告白してるように感じるのも言われてみると妙ですね」

宮田は頷くと「殺害に至る経緯にも、おかしな事がありますす」と続けた。

「それは？」

「金沢武弘が多襄丸の言葉を簡単に信じすぎるんです」

また曽根原は『藪の中』の文章を脳内検索した。

金沢武弘夫婦と出会った多襄丸は、すぐに妻の真砂を自分のものにしようと考えて夫婦を言葉巧みに山の中に連れこむことに成功する。山の中の古塚を暴いたら刀や鏡などの宝物がたくさん出たので見てもらいたい、というのだ。

「普通、山の中で出会ったばかりの盗賊なりの風情をした怪しげな男のそんな言葉を信じるでしょうか？」

「実際に多襄丸は〝墓を暴いた〟って自分が盗賊であることを告白してますもんね」

「そうなんだ。つまりこれは本当の事じゃなくて検非違使が考えだしたストーリーなんだよ」

「だから不自然なところがあるんですね」

ミサキは宮田の軍門に下ったようだ。

「少々、不自然でも検非違使が自分が裁くんだから問題はない。検非違使はそう考えていただろうね」

「真砂は自分が殺したと自白した」

曽根原が口を開く。最後の反撃に転じるようだ。

「もし真砂が夫の暴力に耐えかねて夫を殺して自白をするのなら、なぜそれを正直に言わない？　わざわざ盗賊に犯されたなどと」

「多襄丸の告白と口裏を合わせなければならなかったからです」

「あ」

ミサキが声をあげる。

「多襄丸がすでに検非違使に言い含められたストーリーを告白しています。もし真砂がありのままを話したら多襄丸の告白は何だったのかという事になり検非違使の隠蔽《いんぺい》工作が露見する恐れが出てきます」

「それを防ぐために……」

宮田が頷く。

「これで『藪の中』の矛盾が矛盾でなくなります」

「ホントだ……」

ミサキが呟く。曽根原の口からは低い呻きのような声が漏れる。

「三人がみな〝自分が犯人だ〟と告白した矛盾。でも真実を知れば矛盾でなくなるんです」

「そのことを芥川は……」

「読者に告げようとしていました」

「ホントに?」

「もちろんです。だからこそ作品内で示される犯人の特定はすべて自白という形を採っています」

「その事に意味があるんですか?」

「多くの研究者が指摘しているように『藪の中』で言いたかったことが〝見る人の視点によって見方が変わる〟というものであれば目撃者の証言だけで構成されていたでしょう」

目撃者は木樵、放免、旅法師……。

「あ、そうか。目撃者はまさに〝見る人〟そのものですもんね」

「そうだ。ところが自白は〝見る人〟じゃなくて当事者が行っている」

多襄丸、真砂、巫女の口を借りた金沢武弘……。

「それが三人とも〝自分が犯人だ〟と言っているのは二人は嘘をついていることを作品内でも明示しているということだ」

「明示していますね」

ミサキが感心したように頷くと本を閉じてブックエンドに戻した。

「僕も長広舌が過ぎて喉が渇いた。カシスシャーベットを頼んでもいいかな?」

「もちろんです」

宮田は注文を終えると「つまりこれは謎を含むミステリ小説でもある」と話をまとめにかかる。

「作品内で謎は解けないじゃないか」

「そういうミステリもあります。謎が未解決のままに終わる小説。リドルストーリーと呼ばれています」

ミステリに限った話ではないが。曽根原はあえて反論はしなかった。

「芥川って謎が好きなのかしら？」

「かもしれない。自分の死も謎に包まれている」

曽根原が思わず呟いた。

「ホントにそうですね」

芥川龍之介は三十五歳のときに自殺したが〝ボンヤリとした不安〟が原因とされ明確な自殺理由は確認されていない。

「本当の原因は何だったんでしょうね？」

「『こころ』だと思っている」

宮田が言った。

「そりゃあ事故じゃなくて自殺なんだから心が原因なんでしょうけど」

「その〝心〟じゃない」

「どの〝心〟なんですか？」

「夏目漱石の『こころ』だ」

ミサキは目を丸くした。

「夏目漱石の『こころ』が芥川の自殺の原因だって言うんですか？」

「そうだ」

「君はいったい何を言いだすんだ？」

「真実です」

曽根原は目を閉じ首を左右に振った。

「意味が判らない」

「そうですよ。『こころ』が芥川の自殺の原因だなんて話は聞いたことがないですよ」

「僕もつい先日、気がついたんです」

「先日？」

「曽根原先生と『こころ』について議論したその後です」

「まあ」

「僕が真実に辿りつけたのも曽根原先生からインスピレーションをもらったお陰です。ありがとうございます」

「君が辿りついた地点が真実の地かは判らない」

「ですよね。宮田さんは、どうして芥川の自殺の原因が『こころ』だなんて思ったんですか？」

「説明しよう」

宮田は新しい〈羅生門〉を一口飲む。

「まず前提として芥川と漱石の関係を把握しておく必要がある」

「師弟関係、ですよね？」

「ああ。アマチュアだった芥川を見いだしたのは漱石だし、芥川もそんな漱石を心の師と仰いでいた」

「二人の結びつきは深かった？」

「特に芥川は中学生の時に『我輩も犬である』というエッセイを書くほど漱石には親しみがあったからね」

「だとしたら漱石に認められたときは殊更《ことさら》うれしかったでしょうね」

「そうだろう」

「でも、そのことと自殺に関係があるんですか？」

「芥川は『こころ』に自分と漱石を重ねて見ていたんだ」

「自分と漱石を？」

「『こころ』には〝先生〟が出てくる」

「あ」

曽根原は思わず声をあげた。すぐに誤魔化すように〈羅生門〉を口に運ぶ。

「出てきますね」

何事もなかったかのようにミサキがサラリと受ける。

「『こころ』の中の登場人物である〝私〟が芥川で〝先生〟が漱石。芥川がそう重ね合わせても不思議じゃない」

「ですよね。師と仰ぐ漱石が書いた作品ですからね」

「作品にはその作者のメッセージが色濃く反映されているものです」

「当然だ」

「だとしたら芥川は『こころ』からどのようなメッセージを受けとったのでしょう?」

「死のメッセージだろう」

「そうです。『こころ』では自殺が扱われます」

「でも自殺したのは〝先生〟ですよ。〝私〟じゃない」

「〝先生〟の死は漱石自身の死と重なります」

「それは重なるでしょうね」

「そして『こころ』の最終章に〝殉死〟という言葉が出てきます」

「殉死……」

殉死とは主君や主人などの死を追って自殺することだ。

「その言葉は芥川の心にどう響いただろう?」

「それは……」

「師から自分への暗示のように思えたのではないだろうか?」

「芥川は夏目漱石の死に殉死したというんですか?」

「そう言って良いと思う。生と死の境を彷徨《さまよ》っていた芥川の心に夏目漱石の『こころ』が甦《よみがえ》っても不思議じゃない」

「夏目漱石と芥川では死んだ時期が離れていますよ」

夏目漱石が没したのは一九一六年（大正五年）。

芥川龍之介が没したのは一九二七年（昭和二年）。

「『こころ』が印象に残っていれば時期が離れていても甦る」

「現にあたしたちの心にも甦ってきます」

「そうだ。まして死が脳裏にちらつき始めた芥川にとっては『こころ』が自分に呼び掛けていると思えても不思議じゃない」

「それも君の推測に過ぎない」

「推測の手掛かりはあります」

「どこだね？」

「『こころ』の最終章」

ミサキは『こころ』を手に持つ。

「〝先生〟は遺書である手紙の中で自分が妻を残して死ぬことを告げています」

ミサキが該当箇所を見つけて音読する。


——私は妻を残して行きます。

宮田は「芥川にも妻がいます」と続ける。

「死を覚悟した芥川なら、やはり妻のことが気になったでしょう。そんな芥川を『こころ』のこの文章が後押しした可能性もあります」

ミサキも曽根原も黙っている。

「同じページの《気が狂ったと思われても満足なのです》も芥川の心に響いた可能性があります」

「そういえば芥川の年譜には〝母が発狂〟と記されているんですよね」

「当時の医学だから実際の病状は判らないけど少なくとも芥川はそのことに悩んでいた。芥川の自伝的な作品である『点鬼簿』は《僕の母は狂人だった》という一行から始まっている」

「そんな芥川からしたら『こころ』のその部分は自分に宛てた漱石のメッセージのように感じられても不思議じゃありませんね」

「芥川の自殺の原因は夏目漱石の『こころ』……」

曽根原が徳利を見つめながら呟いた。

「僕はそう思っています。答えは藪の中ですけどね」

宮田の前にミサキがソッとカシスシャーベットを差しだした。

《主な参考文献》

＊本書の内容を予見させる恐れがありますので本文読了後にご確認ください。

『こころ』夏目漱石（新潮文庫）
『漱石研究　第6号』1996（翰林書房）

『走れメロス』太宰治（新潮文庫）
『人間失格』太宰治（新潮文庫）
『文豪ナビ　太宰治』新潮文庫編（新潮文庫）
『太宰治　弱さを演じるということ』安藤宏（ちくま新書）
『太宰と安吾』檀一雄（バジリコ）
『太宰治に出会った日』山内祥史編（ゆまに書房）
『新編　銀河鉄道の夜』宮沢賢治（新潮文庫）
『新編　風の又三郎』宮沢賢治（新潮文庫）

『新編　宮沢賢治詩集』天沢退二郎編（新潮文庫）
『宮沢賢治の夢と修羅』畑山博（プレジデント社）
『年譜　宮澤賢治伝』堀尾青史（中公文庫）

『地獄変・偸盗』芥川龍之介（新潮文庫）
『文豪ナビ　芥川龍之介』新潮文庫編（新潮文庫）
『点鬼簿』芥川龍之介（青空文庫）
『芥川龍之介の手紙』関口安義（大修館書店）
『芥川龍之介の愛した女性』高宮檀（彩流社）
『新潮日本文学アルバム　芥川龍之介』（新潮社）
『年表作家読本　芥川龍之介』鷺只雄編著（河出書房新社）
『国文学　解釈と観賞　945　芥川龍之介を読み直す』至文堂編（ぎょうせい）

*その他の書籍、および新聞、雑誌、インターネット上の記事など多数参考にさせていただきました。執筆されたかたがたにお礼申しあげます。ありがとうございました。

*この作品は架空の物語です。

検印
廃止

著者紹介　1998年、『邪馬台国はどこですか？』でデビュー。『新・世界の七不思議』『新・日本の七不思議』『崇徳院を追いかけて』『ヒミコの夏』『とんち探偵一休さん　金閣寺に密室』『九つの殺人メルヘン』など著書多数。

文豪たちの怪しい宴

2019年12月13日　初版

著　者　鯨《くじら》　統《とう》　一《いち》　郎《ろう》

発行所　（株）東京創元社
代表者　渋谷健太郎

162-0814／東京都新宿区新小川町1-5
電　話　03・3268・8231-営業部
03・3268・8204-編集部
URL　http://www.tsogen.co.jp
モリモト印刷・本間製本

ISBN978-4-488-42205-9　C0193

怨霊伝説は真実か?

THE TRUTH ABOUT SUTOKI-IN◆Toichiro Kujira

崇徳院を追いかけて

鯨 統一郎

創元推理文庫

◆

星城大学の研究者・早乙女静香は
バー〈スリーバレー〉でライターの宮田六郎と、
ことあるごとに歴史談義で
角突き合わせるだけの関係だったが、
どうしたわけか共に京都を旅する成り行きに。
ところが、観光と洒落込む間もなく、
それぞれの知人が次々と奇禍に遭い、
被害者との接点に注目した警察は、
静香と宮田を追求しはじめる。
事件を自ら解明すべく奔走する二人だが……。
歴史上の謎に通じるこれらの事件の真相とは?
〈邪馬台国シリーズ〉初の長編推理。

京堂家の食卓を彩る料理と推理

LE CRIME A LA CARTE, C'EST NOTRE AFFAIRE

ミステリなふたり ア・ラ・カルト

太田忠司

創元推理文庫

◆

京堂景子は、絶対零度の視線と容赦ない舌鋒の鋭さで“氷の女王”と恐れられる県警捜査一課の刑事。日々難事件を追う彼女が気を許せるのは、わが家で帰りを待つ夫の新太郎ただひとり。彼の振る舞う料理とお酒で一日の疲れもすっかり癒された頃、景子が事件の話をすると、今度は新太郎が推理に腕をふるう。旦那さまお手製の美味しい料理と名推理が食卓を鮮やかに彩る連作ミステリ。

収録作品＝密室殺人プロヴァンス風，シェフの気まぐれ殺人，連続殺人の童謡仕立て，偽装殺人　針と糸のトリックを添えて，眠れる殺人　少し辛い人生のソースと共に，不完全なバラバラ殺人にバニラの香りをまとわせて，ふたつの思惑をメランジェした誘拐殺人，殺意の古漬け　夫婦の機微を添えて，男と女のキャラメリゼ

美術館専属の探偵が恋に事件に奮闘する連作ミステリ

My Neighborhood Museum◆Miyako Morifuku

ご近所美術館

森福 都

創元推理文庫

◆

小さなビルの二階にある“美術館”。
のんびり寛げるラウンジは憩いの場として親しまれ、
老館長が淹れるコーヒーを目当てに訪れるお客もちらほら。
その老館長が引退して、川原菫子さんが新館長に。
一目惚れした常連の海老野くんは、
彼女を振り向かせたい一心で、
来館者が持ちこむ謎を解決していく。
果たして彼の恋の行方は？
青年が美術館専属の探偵となって奮闘する連作ミステリ。

収録作品=ペンシル，ホワイトボード，ペイパー，
マーカー，ブックエンド，パレット，スケール